本书为三亚学院人才引进项目"契诃夫小说中语言艺术表现手法的研究（项目编号：USYRC22-06）"结项成果

Языковое представление
сновидений в прозе А. П. Чехова

契诃夫短篇小说中
梦的语言解析

李火　董丹◎著

黑龙江大学出版社

HEILONGJIANG UNIVERSITY PRESS

哈尔滨

图书在版编目（CIP）数据

契诃夫短篇小说中梦的语言解析 / 李火，董丹著
. -- 哈尔滨：黑龙江大学出版社，2024.3
ISBN 978-7-5686-0950-0

Ⅰ．①契… Ⅱ．①李… ②董… Ⅲ．①契诃夫（
Chekhov, Anton Pavlovich 1860-1904）－短篇小说－小说
研究 Ⅳ．① I512.074

中国国家版本馆 CIP 数据核字 (2023) 第 049077 号

契诃夫短篇小说中梦的语言解析
QIHEFU DUANPIAN XIAOSHUO ZHONG MENG DE YUYAN JIEXI
李火　董丹　著

责任编辑　张微微
出版发行　黑龙江大学出版社
地　　址　哈尔滨市南岗区学府三道街 36 号
印　　刷　三河市铭诚印务有限公司
开　　本　720 毫米 ×1000 毫米　1/16
印　　张　14.75
字　　数　284 千
版　　次　2024 年 3 月第 1 版
印　　次　2024 年 3 月第 1 次印刷
书　　号　ISBN 978-7-5686-0950-0
定　　价　59.00 元

От редактора

Изучение языка великих художников слова всегда является важным и актуальным, поскольку только овладение языком писателя может способствовать осуществлению литературной коммуникации, извлечению в наибольшей степени заложенного в тексте смысла. Литературная же коммуникация исключительно важна для человечества, т. к. великие тексты несут миру то высшее, что связано с самой необходимостью борьбы человечества за необходимую для его выживания истину.

Творчество А. П. Чехова, вне всякого сомнения, необходимо для изучения жизни, о чем очень хорошо писал А. М. Горький, отмечая при этом глубочайшую любовь Чехова к России: «Чехов… один из лучших друзей России, друг умный, беспристрастный, правдивый, — друг, любящий ее, сострадающий ей во всем, и Россия… долго не забудет его, долго будет учиться понимать жизнь по его писаниям…» (Горький, 1951, с. 122–123).

Бытописание А. П. Чехова обращено и к такому естественному состоянию человека, которое связано с разными периодами повседневной реальности в жизни человека, с чередующимися, как правило, в течение суток состоянием бодрствования и активной деятельности и состоянием сна. Как врач А. П. Чехов был знаком с разными физиологическими особенностями человека и понимал, что необходимо человеку для естественного существования.

Языковое описание сновидений в прозе А. П. Чехова не было

представлено отдельными работами, с чем связано обращение к данной теме в настоящей. Исследование изображения в художественной литературе индивидуума в состоянии сна, являющегося маркером реальности и повседневности и в то же время ирреальностью, в которой может находиться персонаж, является актуальным, поскольку позволяет выявить закономерности создания образа персонажа с помощью еще в одной ипостаси человеческого бытия. Актуальность обращения к языковому представлению сновидений в прозе А. П. Чехова обусловлена двумя очевидными факторами: наличием весьма значимых и практически постоянно присутствующих в художественных текстах писателя элементов, связанных с такой сферой жизни, как сон, и невозможностью адекватного прочтения А. П. Чехова без понимания его языка.

Сновидение — субъективное восприятие образов (зрительных, слуховых, тактильных и прочих), возникающих в сознании спящего человека (предположительно, и некоторых других млекопитающих). Сновидящий человек во время сна обычно не понимает, что спит, и воспринимает сновидение как объективную реальность.

В некоторых рассказах А. П. Чехова сновидения выполняют важную функцию. В статье анализируются рассказы А. П. Чехова, в названии которых включены лексемы со значением особого физиологического состояния человека: «Сон», «Сон репортера», «Сонная одурь», «Спать хочется». Писатели, придумывая сновидения своих персонажей, одновременно постигают сущность этого феномена физиологической, психической и психологической жизни человека. Объем сновидений в произведениях А. П. Чехова может быть невелик, но факт его существования значим.

В указанных рассказах А. П. Чехов не только описывает состояние

— 2 —

сна, в котором находятся персонажи; во сне персонажи «видят» другую жизнь. Сновидения связаны с их реальной жизнью и являются важной частью сюжета рассказа. В сновидениях представлены как реальные, так и ирреальные ситуации, помогающие читателю осмыслить мир персонажей, их взаимоотношения друг с другом и понять замысел автора.

Наблюдения позволяют выделить три ситуации, которые представлены в сновидениях: в сновидениях описывается часть прошлой реальной жизни персонажа (рассказ « Сонная одурь », « Спать хочется») ; сновидения персонажа являются фактом реальной жизни, кажущейся персонажу ирреальной (рассказ « Сон ») ; в сновидении представлена ирреальная действительность (рассказ «Сон репортера»).

СОДЕРЖАНИЕ

Часть 1
Теоретические основы сна и сновидений

1. Сон и сновидение как объекты естественно-научных, философских и психологических исследований

Сон — нормальный и жизненно необходимый для каждого организма период, так как люди проводят приблизительно третью часть своей жизни во сне. «Сон — это возникающее от природы состояние, поэтому и причины его всецело природны, естественны» (Солопова, 2010, с. 165).

Сон необходим для физического существования человека, при этом, когда люди ночью спят, мозг, тем не менее, не отдыхает, как считают исследователи естественных наук. Он трудится с таким же напряжением, как и в другое время, не предназначенное для сна. Время для сна тоже определено природой, естественное время для состояния сна — ночное время.

Сон как период реального существования человека может сопровождаться сновидениями, включать в себя сновидения, то есть содержать определенные видения, завершающиеся с окончанием физического сна. Сновидения являются результатом деятельности человека в реальности, книги его памяти и воображения. Они также тесно связаны с физическим состоянием, темпераментом и возрастом, общественным положением, умственным развитием человека.

Сновидения издревле волновали человека, ощущавшего в нем нечто неподвластное разуму, они являются одной из самых тайных и интересных сторон бытия человека. Образы и обстоятельства сновидений могут влиять на реальную жизнь человека. Исследованием сна и сновидений занимались и занимаются представители разных наук. Во многих исследованиях термины «сон» и «сновидение» используются как термины-синонимы.

В области естественных наук это Гиппократ (2001), И. П. Павлов (1951), Н. Клейтман (1963), В. Н. Касаткин (1983), В. М. Ковальзон (2006, 2012), Е. А. Корабельникова (2009).

В области философии и религии проблемы сомнологии осмысляли Аристотель (2010), Рене Декарт (1950), исследователи А. Л. Верлинский (1999), М. С. Петрова (2010), А. Фефелов (2008) и др.

В области психологии, науки, соединяющей в себе естественное и гуманитарное начала, к феномену сна обращались З. Фрейд (1989, 2015), Г. Х. Миллер (2007), А. Адлер (2002), К. Г. Юнг (1930, 1994, 2010).

Рассмотрим некоторые идеи, сформулированные исследователями сна в разных науках, несколько подробнее.

Сон как объект естественных наук

Научные исследования сна, увенчавшиеся успехом, можно отнести к концу XIX века. Развитие естественных наук привело к успехам и в изучении сновидений. «Первый сон — это периодически наступающее физиологическое состояние, которое характеризуется почти полным отсутствием реакции на внешние раздражения, уменьшением активности ряда физиологических процессов» (Фефелов, 2008, с. 9).

В трудах древнегреческого врача Гиппократа, ставших основой дальнейшего развития клинической медицины, отражены представления о целостности организма; индивидуальный подход к больному и его лечению; понятие о видениях и сновидениях и др. Гиппократ, выделяя божественные и естественные сновидения, больше обращает внимание на естественные сновидения, которые помогают врачам понять состояние тела человека, его сознание, ведь кто «здраво судит об этом, знает большую часть мудрости» (Гиппократ, 2001, с. 106).

Основателем «науки о сне» была М. М. Манасеина (1841–1903), чей главный вклад в психофизиологию связан именно с изучением сна. Роль М. М. Манасеиной в развитии сомнологии и нейронаук обосновал председатель правления российского Национального сомнологического общества, доктор биологических наук, член Европейского и Американского обществ по изучению снов В. М. Ковальзон в статье «Забытый основатель биохимии и сомнологии» (Ковальзон, 2012). Книга М. М. Манасеиной под названием «Сон как треть жизни, или Физиология, патология, гигиена и психология сна» является наиболее известной из всех книг этого врача и биохимика. Книга явилась настоящей сомнологической энциклопедией, в которой впервые были представлены все знания, полученные по данной теме к тому времени, эти успехи были оценены всеми исследователями сна. По мнению М. М. Манасеиной, «ученые, признающие сон за остановку или диастолу мозговой деятельности, ошибаются, так как во время сна мозг вовсе не спит, не бездействует весь целиком, а засыпанию подпадают только те части его, которые составляют анатомическую основу, анатомический субстрат сознания. Сон есть время отдохновения нашего сознания» (Ковальзон, 2012, с. 88).

М. М. Манасеина провела первые научные эксперименты по исследованию сновидений. Эксперименты были выполнены в 1894 году и в то время их результаты были опубликованы в Итальянском журнале «Archives Italiennes de Biologie». В течение пяти лет М. М. Манасеина собирала записи снов у 37 различных людей и сделала определенные наблюдения. Анализируя эти материалы, она пришла к следующим выводам: сон для организма важнее пищи (Ковальзон, 2012, с. 86). У людей, длительное время лишенных сна, часто развиваются расстройства мышления и восприятия, подобные тем, что наблюдаются при шизофрении. Без сна человек может прожить не более 11 дней. Люди, являющиеся культурными, образованными и воспитанными, видят сновидений больше по сравнению с другими людьми. Их сны более информативны, разнообразны и логичны (Ковальзон, 2012, с. 87). Вклады М. М. Манасеиной оказали большое влияние на исследования сновидений.

В начале XX века ученые начинают рассматривать сны с точки зрения нейрофизиологии. Великий русский физиолог И. П. Павлов занимался ненормальными состояниями сна, возникающими на нейрофизиологическом уровне, изучал сон как циклическое явление и обращал внимание на физиологические и патологические процессы в момент сна. Изучая человеческий мозг, И. П. Павлов сумел понять и описать механизм сна, он связывал это с особым нервным процессом торможения. Занимаясь условными рефлексами, он проводил экспериментальные исследования по влиянию различных условий на состояние сна. Оказалось, что течение сна, например, его первоначальный этап связан с однообразной обстановкой, которая способствует наступлению сна. И. П. Павлов исследовал разные фазы сна, те условия, которые способствуют выходу из состояния сна и участие в этом полушарий головного мозга (Павлов, 1951, с. 299 – 306).

В 1953 году американский нейрофизиолог Натаниэл Клейтман (1895–1999) со своим студентом Юджином Асерински впервые открыл фазу быстрого сна (REM), описал основы фазы сна и их связь со сновидениями. REM-сон с быстрыми движениями глаз (REM-sleep), он еще называется « парадоксальный сон », « быстрый сон », « сон со сновидениями » и др. Н. Клейтман увлекся исследованиями психофизиологии сна, и в 1939 г. вышла его монография « Сон и бодрствование » (« Sleep and Wakefulness ») (Kleitman, 1963). В этой монографии впервые была сформулирована концепция существования так называемого « основного цикла покоя-активности », что ученый считал большим достижением. Физиолог обнаружил: « когда мы спим, мозг проходит через REM-сон и глубокие фазы сна каждые 90 минут » (Kleitman, 1963, p. 311). Открытие REM-сна « науке о сне » было революционным и явилось основанием дальнейших научных открытий в изучении сна и сновидений. После того, как Н. Клейтман и Ю. Асерински выявили фазы сна, в мире началась совершенно новая эра в исследовании снов.

Но уже доказано, что во время сна мозг человека не полностью находится в стадии покоя, он выполняет определенные задачи, например, проверяет, в каком состоянии находятся внутренние органы человека. В. М. Ковальзон выдвинул идею « вантузной гипотезы » (Ковальзон, 2006, с. 5), которая нашла экспериментальное подтверждение. Она заключается в том, что во время медленного сна мозг занят восстановлением электролитного гомеостаза (саморегуляции концентраций подвижных ионов внутренней среды головного мозга). Поэтому человек обязательно должен высыпаться, здоровый сон выполняет восстановительные функции по отношению к организму человека в целом, что дает ему возможность во время бодрствования полноценно реализовываться. Как физиолог, В. М. Ковальзон отмечает, что сновидения-то, что человек « вынимает » из памяти, из того, что с ним происходило, и ссылается на И. М. Сеченова, определившего сновидения как «небывалые комбинации бывалых впечатлений» (Ковальзон, 2006, с. 6).

Медицина также уделяет большое внимание состоянию сна, обращая внимание на необходимость сна для человека, и в то же время изучая расстройство сна, что требует соответствующего лечения.

В. Н. Касаткин объясняет, что страшные сновидения являются признаками заболевания и предвестниками дегенеративных процессов организма человека. По его мнению, по ночным кошмарам можно действительно диагностировать разные болезни (Касаткин, 1983, с. 6–7).

Президент Российского Общества Исследователей Сновидений, доктор медицинских наук Е. А. Корабельникова считает, что сновидения помогают в диагностике разных заболеваний и имеют определенные возрастные характеристики. Человеку присуще видеть сны, поскольку, как уже отмечалось, психика во время сна не отдыхает, и разные впечатления, вопросы, ситуации, возникающие во время бодрствования, могут находить некоторое отражение в сновидениях (Корабельникова, 2009, с. 73). В Большой медицинской энциклопедии даются следующие определения сна и бессонницы как состояния, требующего медицинского вмешательства.

«Сон (somnus) — функциональное состояние мозга и всего организма человека и животных, имеющее отличные от бодрствования специфические качественные особенности деятельности центральной нервной системы и соматической сферы, характеризующиеся торможением активного взаимодействия организма с окружающей средой и неполным прекращением (у человека) сознаваемой психической деятельности». [1]

---

[1] https://бмэ. орг/index. php/СОН.

«Бессонница (латинский imsomnia) — различные по патогенезу и клинической характеристике расстройства сна, проявляющиеся нарушением засыпания, прерывистым, поверхностным сном или преждевременным пробуждением».[1]

Представления о сне в философии и религии

Исследования сна и сновидений, не связанные с подходом к человеку как биологическому существу, а рассматривающие его как духовную сущность, начинаются с древних времен. Безусловно, древние люди интересовались загадками сна, так как во сне человек мог увидеть различные события или необычные случаи. Раньше на явление сна обратили взор те, кого интересовало человеческое сознание — шаманы, богословы, философы. Наиболее важной представляется трактовка понятия сновидения с точки зрения философии.

С древних времен сон человека представлялся явлением удивительно загадочным и недоступным для понимания, сновидения очаровывали людей. Можно сказать, что интерес к сновидениям даже начался именно с попыток толкования виденного человеком. Так как научного подхода при исследовании сновидений не было, их стали считать проявлением воли богов или посланием высших сил. Донаучный период объяснения сна имеет длительную историю. Хотя сон может быть один и тот же, люди могут в нем рассматриваться по-разному, и то объяснение сна, которое совпало с последующими событиями, считается более правильным. В близких архаичным представлениях сны всегда тесно связаны с подземным миром. Паломники Ближнего Востока постоянно приходили в храм и ночью спали вокруг храма,

---

[1] https://бмэ. орг/index. php/БЕССОННИЦА.

надеясь, что боги сообщат им свою волю во сне. В храме специальный священник руководит этими людьми, чтобы они вспоминали ощущение осознания сновидений и вели себя по требованию сновидений. « В древних культурах существовало поверье о том, что во время сна душа отделяется от тела и покидает его. Сам же сон мало чем отличается от смерти, а смерть — есть вечный сон. Так, например, древние народы во время охоты не убивали спящего (будь то человек или животное), веруя в то, что во время сна душа находится вне тела, а тело без души не представляет никакой ценности» (Панченко, 2001, с. 176).

Древние вавилоняне и греки относились к снам тоже как к божественной и всеобъемлющей силе, они даже строили храмы в честь богов сна. Им казалось, что сны — это подсказки от Бога. Бог использует сон для того, чтобы открыть человеку свою волю, предупредить о несчастных случаях, рассказать о будущем. Поэтому для них сон является одним из способов, который бог, может выбрать для исполнений его намерений. Помимо сна как подсказки Бога, в библии часто упоминаются также ситуации, когда люди: Иосиф, египетский фараон, вавилонский царь Навуходоносор и т. д., видели разнообразные пророческие сны.

Человек создан так, что его интригуют загадочные и сверхъестественные явления. Священное Писание говорит о том, что Бог пользуется снами для того, чтобы общаться с людьми, сказать им что-то необычное и важное. «Бывает, что Бог использует сон для того, чтобы открыть человеку Свою волю, предупредить об опасности, рассказать о будущем или даже ответить на вопрос, на который человек ищет ответ, как это было, например, с царем Навуходоносором, размышляющем на своем ложе о будущих временах. Бог в сновидении показал ему в символической форме историю всей земли, а пророк

Даниил растолковал царю значение увиденного им во сне» (Фефелов, 2008, с. 13).

Очевидно, что Бог посредством сна отвечает на вопрос, на который человек не может найти ответ.

Е. И. Рабинович, исследуя сны и сновидения в буддизме в качестве феномена культуры, обращает внимание на то, что последователи Будды во сне могут получать разные тексты, установки, наставления, после чего, ссылаясь на свои сны и указания Будды, убеждать людей в необходимости выполнения полученных установок (Рабинович, 2011, с. 18).

По мнению Е. И. Рабиновича, одним из самых перспективных в методологическом плане подходов для целого ряда гуманитарных наук является семиотический подход, который можно применить и к исследованиям феномена сновидений. « Исходной посылкой здесь является представление о культурной обусловленности сновидений » (Рабинович, 2011, с. 13).

По словам американского философа Н. Малкольма, « понятие сновидения производно не от самих сновидений, а от рассказов о сновидениях» (Руднев, 1994, с. 15).

А. Л. Верлинский приводит и анализирует высказывания древнегреческих философов Гераклита и Демокрита. Гераклит утверждал, что сон «закрывает» органы чувств, поэтому человек уже не связан с внешним миром, он создает свой мир во сне. Демокрит считал, что во сне органы чувств человека не совсем прекращают свое мышление, что в уснувшем состоянии сохраняется некоторое восприятие и ночное время этому способствует (Верлинский, 1999, с. 220).

Важный этап в истории толкования сновидений — это исследование философа-стоика Посидония, на что обращает внимание М. С. Петрова. Известна ее классификация сновидений. Он выделял три вида снов в зависимости от их происхождения: сны, вызванные провидением самой души; сны, в которых «бессмертные духи» передают некую истину; сны, в которых «сами боги вступают в разговор со спящими» (Петрова, 2010, с. 137). М. С. Петрова считает, что «сон — это засыпание "душевных сил", то есть чувственного восприятия, рассудка и ума, при одновременном усилении "природных сил", таких, как пищеварение. Сам по себе сон есть состояние, во время которого душа, освободившаяся от служения телу, видит образы, запечатленные в мозге» (Петрова, 2007, с. 182).

Древнегреческий философ Аристотель указал, что «сон же, по-видимому, принадлежит по своей природе к такого рода состояниям, как, например, пограничное между жизнью и не жизнью» (Аристотель, 1940, с. 192). Аристотель считал, что сновидения нужно считать природным явлением и исключал их божественное происхождение. «Что касается предсказаний, которые делаются во сне (точнее, по сновидениям), то надо признать, что одинаково непросто и отвергать их существование и поверить в них» (Аристотель, 2010, с. 169).

По мнению Аристотеля, сон — это реакция организма на концентрацию, сгущение теплоты в глубине тела. Он отмечал, что «точно так же, как простое упоминание о чем-то не является ни предзнаменованием, ни причиной того, что это случается на самом деле, так же и здесь, исполнение сновидения для того, кто его видел, не является ни предзнаменованием, ни причиной, но совпадением. Соответственно, большинство снов и не сбывается, ведь совпадения случаются не всегда и не в большинстве случаев» (Аристотель, 2010,

с. 171).

Главный труд французского ученого Рене Декарта (1596 – 1650) называется «Размышления о первой философии». «Но на самом деле я припоминаю, что подобные же обманчивые мысли в иное время приходили мне в голову и во сне; когда я вдумываюсь в это внимательнее, то ясно вижу, что сон никогда не может быть отличен от бодрствования с помощью верных признаков; мысль эта повергает меня в оцепенение, и именно это состояние почти укрепляет меня в представлении, будто я сплю»; «наша память никогда не сопрягает сонные видения со всей остальной нашей жизнедеятельностью, подобно тому как это бывает с впечатлениями, которые мы испытываем, когда бодрствуем: в самом деле, если бы предо мною наяву неожиданно кто-то возник и столь же внезапно исчез так, как это бывает во сне, то есть так, что я не знал бы, ни откуда он явился, ни куда канул, я с полным правом счел бы его привидением или призраком, возникшим в моем мозгу, а не реальным человеком... Итак, именно я тот, кто чувствует и кто как бы с помощью этих чувств замечает телесные вещи: иначе говоря, я тот, кто видит свет, слышит звуки, ощущает жар. Все это — ложные ощущения, ибо я сплю. Но достоверно, что мне кажется, будто я вижу, слышу и согреваюсь. Последнее не может быть ложным, и это собственно то, что именуется моим ощущением; причем взятое именно в этом смысле ощущение есть не что иное, как мышление» (Декарт, 1950, с. 24–25).

В Философском энциклопедическом словаре сон рассматривается как естественное состояние человека, сновидения как «субъективно переживаемые психические явления, периодически возникающие во время естественного сна» (Философский энциклопедический словарь, 1983, с. 619).

Сон в психологии

С точки зрения психологии «сновидение — это источник эмоций и переживаний, заполняющих ночной вакуум, это компенсация естественной сенсорной и эмоциональной депривации, связанной с отключением во время сна сенсорных систем от восприятия внешних воздействий» (Авакумов, 2008, с. 7). В статье «Психоаналитическая теория сновидений» С. В. Авакумов дал следующее определение сновидения: «В отличие от устоявшегося бытового представления о сновидении как явлении, вполне соответствующем рассказу о нем, в психоанализе термин "сновидение" охватывает не одно, а два явления. Это собственно сновидение, наш ночной опыт переживания сновидческой реальности, именуемый "явным" или "манифестным" сновидением, и его скрытая от самого сновидца основа, бессознательные источники сновидения, именуемые "скрытым" или "латентным" содержанием сновидения. При этом более точными терминами будут "явное" и "скрытое" содержание сновидения» (Авакумов, 2015, с. 16).

Основу психологической модели исследования сновидений составило «Введение в психоанализ» З. Фрейда (Фрейд, 2012). Затем эта модель изменялась и дорабатывалась другими представителями психодинамической парадигмы сновидений Г. Х. Миллер (2007), А. Адлер (2002), К. Г. Юнг (1930, 1994, 1996, 2010) и др.

Американский психолог Г. Х. Миллер, известный благодаря своей книге «Полный сонник Миллера. 10000 толкований», придерживался позиции, что «сон — небывалая комбинация былых впечатлений, но главное — определить закономерности этого комбинирования. Представление о том, что образы сновидений бессмысленны и хаотичны, неверно»; «Научитесь принимать правильные решения в самых сложных ситуациях и лучше разбираться в людях, распознавая их истинные намерения. Ведь человек, понимающий и не боящийся своих снов, чувствует себя гораздо увереннее и в реальной жизни» (Миллер, 2007, с. 2).

На рубеже XIX и XX веков теории сна были обобщены и значительно развиты З. Фрейдом. Множество мыслей, вызванных к жизни сновидением, пересекаясь, образуют устойчивое ядро, за которым З. Фрейд видел невысказанное желание сознания. В 1895 году З. Фрейд расшифровал первое собственное сновидение. При помощи ряда анализов З. Фрейд получил свои выводы, что во сне нереализованные желания человека исполняются. Сон является заменой действию человека, в спасительной фантастике душа освобождается от напряженности. Именно теория сновидений сделала З. Фрейда известным во всем мире. В 1899 году З. Фрейд опубликовал свою фундаментальную книгу «Толкование сновидений», в которой представлено его исследование сна. Этот труд придал изучению сна психологическую окраску. З. Фрейд создал новое направление исследования в понимании сна и сновидений. Впоследствии исследование сновидений стало важной частью психологического анализа человека. С точки зрения З. Фрейда, «сон — это способ открыть тайну и распознать сигнал из глубины человеческой души. Сон — отражение глубинных скрытых процессов, происходящих в душе человека, процессов, порой самому человеку еще неясных. Эти процессы назревают и выходят наружу из подсознания в виде образов, которые человек после пробуждения пытается припомнить и проанализировать» (Фрейд, 2015, с. 6). З. Фрейд считал, что «сон может многое подсказать человеку для определения дальнейшего пути, для решения назревших проблем, для корректировки своих действий» (Фрейд, 2015,

с. 6).

В книге «Я и оно» З. Фрейд писал: «Деление психики на сознательное и бессознательное является основной предпосылкой психоанализа, и только оно дает ему возможность понять и подвергнуть научному исследованию часто наблюдающиеся и очень важные патологические процессы в душевной жизни» (Фрейд, 2006, с. 424 – 425). З. Фрейд в книге «Бред и сны в "Градиве" В. Иенсена», обращаясь к изучению снов в психологической повести австрийского писателя, пишет, что у него возник «интерес обратиться к тем сновидениям, которые вообще никто никогда не видел во сне, а которые созданы художниками и внесены в ткань повествования вымышленными лицами». И далее замечает: «Однако художники — ценные союзники, а их свидетельства следует высоко ценить, так как обычно они знают множество вещей меж небом и землей, которые еще и не снились нашей школьной учености» (Фрейд, 2012, с. 6). Его теория утверждает, что сон — это проявления подсознания самого человека.

Иными словами, он пришел к выводу, что главная функция сновидения — это осуществление желания: «Сновидение — это относительно безобидный способ реализации бессознательных инстинктивных импульсов, а также разрешения внутриличностных конфликтов, их эмоционального отреагирования. Главная функция сновидения — обеспечение психологического комфорта путем осуществления в сновидной (символической) форме неосуществленных в период бодрствования желаний» (Фрейд, 1989, с. 50). По сравнению с другими учениями теория З. Фрейда оказалась наиболее аргументированной и логичной. Его учение было принято не только на родине, но и во многих странах Европы. Теория З. Фрейда раскрыла возможность по-новому исследовать сновидения. После того, как были опубликованы книги З. Фрейда, наука о сновидении вышла на новый профессиональный уровень.

Швейцарский психиатр и педагог К. Г. Юнг считал, что человек как целостная субстанция состоит из того, что он осмысляет сознательно и из бессознательного. Сон позволяет соединить эти два явления, поскольку в нем находятся в диалоге сознательная часть личности и бессознательное. Сновидения стремятся к целостному охвату человеческого существования. К. Г. Юнг также нашел взаимосвязь между творчеством и осмыслением сновидений. «Великое произведение искусства, — отметил он, — похоже на сон, несмотря на кажущуюся ясность, оно не объясняет себя и всегда двусмысленно» (Юнг, 1996, с. 53).

Исследования сновидений в психологии имеют большое значение для осмысления сновидений персонажей в художественной литературе, поскольку внутренний мир персонажа без изучения психологии невозможен.

2. Изучение сна и сновидений в филологии

В художественной литературе уделяется внимание сновидениям как приему раскрытия личности персонажа.

В 1954 году была опубликована книга знаменитого русского ученого А. М. Ремизова « Огонь вещей. Сны и предсонье », в которой он утверждает : « ... Редкое произведение русской литературы обходится без сна. В снах не только сегодняшние обрывки дневных впечатлений, недосказанное, недодуманное... в снах дается и познание, и сознание, и провидение, жизнь, изображаемая со сновидениями, развертывается в века и до веку » (Ремизов, 1954, с. 144). В этом труде А. М. Ремизов выявляет своеобразие сновидений в творчестве Гоголя, Лермонтова, Пушкина, Тургенева, Достоевского. Эта книга является первой значительной работой, доказавшей важную роль сновидений в произведениях этих русских писателей. В этой книге сны в русской литературе рассматриваются в форме эссе. Сон Святослава в « Слове о полку Игореве », сон Обломова, бредовые сновидения Родиона Раскольникова, сны героев Л. Н. Толстого, знаменитые сны героини Е. Г. Чернышевского Веры Павловны — даже этот небольшой перечень говорит о том, что в русской литературе сон всегда нес смысловую нагрузку, в нем раскрывались будущие испытания героя, представлена психологическая мотивация его поступков. На сны персонажей в произведениях художественной литературы обращали внимание многие исследователи : Д. Н. Белова (2008), М. О. Гершензон (1924), О. В.

Дедюхина（2006）, Ю. О. Ершенко（2006）, В. В. Зимнякова（2007）, Н. В. Кузьмичева（2005）, Ю. А. Кумбашева（2001）, А. Молнар （2015）, Н. А. Нагорная（2004）, Д. А. Нечаенко（1991）, М. Н. Панкратова（2015）, Е. А. Полева（2012）, М. Л. Рейснер（2016）, Д. Спендель де Варда（1988）, В. В. Савельева（2013, 2014）, О. И. Северская（2011）, Н. М. Сергеева（2008）, Т. Ф. Теперик（2007, 2008）, И. В. Фазиулина（2005）, О. В. Федунина（2007, 2013）и др. Сон в прозаических и драматургических произведениях А. П. Чехова рассматривался в книгах В. В. Савельевой（2013, 2014）, Г. И. Тамарли （2014）.

М. М. Бахтин писал: «Жизнь, увиденная во сне, отстраняет обычную жизнь, заставляет понять и оценить ее по-новому... И человек во сне... раскрывает в себе новые возможности（и худшие и лучшие）, испытывается и проверяется сном. Иногда сон прямо строится как развенчание человека и жизни». Он также утверждал, что сны в античном художественном творчестве не выполняют преобразующей функции: «Сон не противопоставляется обычной жизни как другая возможная жизнь»（Бахтин, 1979, с. 171）.

Сны снятся, люди в них верят или не верят, но рассказывают друг другу и пытаются толковать. Многие писатели, поэты, мыслители и критики нашли взаимосвязь, соединение между сном и творчеством. Х. Л. Борхес, находя определенное сходство между сновидением и сюжетом, писал: «Сны — это самый архаичный из видов эстетической деятельности. Сны, как известно, снятся и животным. В одном латинском стихотворении говорится о борзой собаке, которая преследует во сне зайца и лает на него. Таким образом, сон для нас — самый архаичный из всех видов эстетической, довольно любопытной деятельности, носящей драматический характер»（Борхес, 1992,

с. 409).

Великие мыслители обращали внимание на творческий характер сна и на возможность отражения его в художественной литературе. По мысли И. Канта, при созерцании сновидения, сон можно называть «непроизвольным творчеством» (Кант, 1994, с. 213). В. Б. Шкловский обратил внимание на то, что сновидения проецируют художественные произведения, что «сны — обрывки, предки замыслов поэм и романов» (Шкловский, 1983, с. 213–214).

М. О. Гершензон — один из первых исследователей проблемы литературного сна в русской литературе XIX – XX века. Он рассматривает и анализирует художественные особенности и функции поэтики сна в творчестве А. С. Пушкина. М. О. Гершензон квалифицирует сновидения в русской литературе как «текст в тексте», и объектом его исследования стали сны героев А. С. Пушкина (сон Татьяны) (Гершензон, 1924).

И. В. Страхов в книге «Психология сновидений» рассматривал вопросы изучения сновидений и утверждал: «В художественном изображении сновидений в русской классической литературе были сделаны подлинные психологические открытия, предвосхитившие научное исследование этих психических процессов» (Страхов, 1955, с. 139).

Современные исследователи также обращают внимание на связь между сновидением и творчеством. В. М. Розин пишет: «С точки сознания человека, у искусства и сновидения единая основа — событийная. Видя сон, погружаясь в произведение искусства, мы проживаем определенные события, которые осмысляются как относящиеся к особым символическим реальностям — условным или эстетическим» (Розин, 1993, с. 24).

Сны и сновидения, которые, начиная с античности и до современной эпохи, включены в художественные произведения, выполняют разные функции. В древнем эпосе, как пишет Д. А. Нечаенко, « поэтика персонажных сновидений очень близка к породившему и сформировавшему ее фольклорному, мифологическому снотворчеству» (Нечаенко, 1991, с. 47). Д. А. Нечаенко отметил, что сны вводятся в произведение « либо с целью психологической достоверности поведения и духовного формирования героя, либо для усиления и акцентировки фантастического, мистического, лирического, гротескового и комического, сатирического эффекта» (Нечаенко, 1991, с. 7).

Д. С. Лихачев в монографии «" Слово о полку Игореве" и культура его времени» рассматривает функцию и художественных сновидений. Он пишет: «Последующие исследователи и комментаторы " Слова о полку Игореве" также ограничились общим указанием на сходство обоих снов, не указывая на то, в чем это сходство состоит. Между тем, как это мы увидим, сон Мала может до известной степени помочь в толковании и прочтении одного неясного места в сне Святослава "Слова о полку Игореве" » (Лихачев, 1978, с. 229).

Процесс сна является содержанием и формой проекции сознания человека. Сон создается в невидимом, нематериальном мире, но в то же время присутствует и в жизни человека: он включает в себя воображения различных реальных чувств, ожиданий идеала человеческой красоты, желание богатства и удачи и т. д. Так что во сне человек открывает свой тайный лик, а записанные писателем сновидения могут показать истинный внутренний мир персонажа художественного произведения. Д. С. Лихачев так писал о том, что представляет собой внутренний мир художественного произведения: « Внутренний мир художественного произведения имеет еще свои собственные взаимосвязанные закономерности, собственные измерения и собственный смысл, как система... Мир художественного произведения — результат и верного отображения, и активного преображения действительности» (Лихачев, 1968, с. 76).

В. П. Руднев в статье «Культура и сон» рассматривает функции сновидений в литературном произведении. Он отмечает, что «во сне с человеком может приключиться все, что угодно, часто литературное произведение заканчивается тем, что герой просыпается» (Руднев, 1990, с. 123). По мнению В. П. Руднева, «в литературе сон — не иллюзия, а сверхреальность, проникновение в вечность за пределы времени» (Руднев, 1990, с. 124).

Т. Ф. Теперик представляет методологию анализа литературных онейрических сюжетов и элементов: «... Нельзя не принять во внимание разницу между теми ситуациями, которые создают сон реальный и сон литературный. В первом случае эти ситуации порождает сама жизнь, во втором — автор художественного произведения. Соответственно не совпадают и цели исследования психолога и филолога: в одном случае они состоят в том, чтобы, правильно поняв смысл сновидения, изменить жизненную ситуацию, в другом — чтобы, верно истолковав смысл литературного сновидения, оценить замысел автора. Иными словами, в одном случае за сферой анализа закономерно следует сфера действия, в то время как в другом случае мы должны ограничиться лишь сферой анализа» (Теперик, 2008, с. 48).

По мнению Ю. М. Лотмана, «сон — это семиотическое зеркало, и каждый видит в нем отражение своего языка. Это делает его неудобным для передачи константных сообщений и чрезвычайно приспособленным к изобретению новой информации. Сон воспринимался как сообщение таинственного другого, хотя на самом деле это информационно свободный "текст ради текста"» (Лотман, 2000, с. 124).

В исследованиях снов и сновидений в произведениях художественной литературы, относящихся к разным литературным родам, лексемы «сон» и «сновидение» используются как синонимы, то есть они обозначают такое состояние, которое включает определенные образы, видения, предметы, события.

А. П. Чехов один раз в прозаических произведениях употребляет слово «сновидение», соотнося его со словом «сон». Они соотносятся как два явления, одно из которых включено в другое. В рассказе «Цветы запоздалые» А. П. Чехов пишет так о сне Маруси: «Это был длинный, тяжелый сон, не лишенный все-таки сновидений» (Цветы запоздалые, Т. I, с. 417).

В остальных случаях и для обозначения состояния сна как физического явления, и для обозначения того, что снится персонажам, используется слово «сон», образующее словосочетания с прилагательными и глаголами, а также другие лексемы, входящие в лексико-тематическую группу «сон».

3. Представление реальности и ирреальности в художественной литературе

Художественная литература как вид искусства создается особым материалом — словом. С помощью слова в пространстве произведения возникает представленный в нем мир, который словесно отражает как внесловесную действительность, так и речевое поведение персонажей художественного произведения. Человеческая жизнь — основной объект изображения в художественной литературе. Описанная художником слова действительность дает читателю представление об устройстве человеческого сообщества. Задача писателя — показать все многообразие жизни человека и расширить знания читателя о многомерности бытия, поскольку именно литература имеет возможность раздвинуть горизонты человеческой жизни в читательском сознании. Читатель как основной адресат произведения при чтении опирается в том числе и на собственный жизненный опыт, на свои знания как о внешней действительности, так и о внутренних психологических процессах, связанных с различными жизненными обстоятельствами.

Художественное произведение создает, моделирует действительность, с одной стороны, похожую на реальную, с другой стороны, не равную ей, поскольку она представлена только словесно и создана писателем, творящим мир произведения по законам искусства. Это уже вторичная действительность, виртуальная, воспроизведенная действительность, которая в то же время должна представлять всю многомерность бытия человека. Мир персонажа в литературе наполнен различными событиями, в нем могут быть описаны также ситуации, дающие читателю возможность познакомиться с повседневностью, бытийностью, в том числе с физическим существованием персонажа, включающим период бодрствования, нахождения в определенном времени и пространстве, то есть в реальной действительности, представленной в произведении. Сон как другая часть физического существования персонажа — это и часть реальной действительности. Писатель, формируя мир персонажа, представляя персонажа в его целостности, может обратить внимание на период, когда персонаж находится в состоянии сна и дать характеристику сну как физическому состоянию в реальности. В то же время писатель может представить сновидение, то есть то, что снилось персонажу во время нахождения в состоянии сна. События и явления в сновидении могут быть связаны с реальным окружающим миром, в котором находился персонаж до сна, они «навеяны» этой реальностью, но они представлены уже в сознании персонажа в новом качестве, они становятся фактом его сознания. Объекты, сюжеты внешнего мира таким образом могут быть даны в художественном произведении в разных плоскостях изображения, в реальном мире существования персонажа и в другом, альтернативном мире, созданным писателем в сознании персонажа. В то же время в сновидении могут быть обозначены такие факты, явления, события, которых не было в действительности, они ирреальны, но они дают возможность писателю дополнить мир персонажа иными, не связанными с реальностью явлениями, и в то же время соотнести их с прошлой реальностью и с будущим.

В художественном произведении сновидение, созданное писателем как иллюзорное явление — это творение автора, необходимое ему для исполнения замысла произведения. Оно может быть как связано с реально произошедшими или происходящими событиями, некоторым образом трансформируя их, так и включать такие, которые появляются только в сновидении. Реальность и ирреальность, нашедшие отражение в сновидении, могут быть соединены в сновидении, представляя особенности восприятия персонажем мира.

Сновидение персонажа как ирреальное явление чаще всего связано с реальностью, с той действительностью, в которой пребывает персонаж. Но и то, чего не было и не может быть в действительности, также может отражаться в сновидении, поскольку сновидение — это творчество сознания персонажа и писателя.

Творчество А. П. Чехова продолжает изучаться филологами, психологами, медиками, философами, социологами, культурологами в связи с тем, что он смог, как писал Г. А. Бялый, показать «общие социальные закономерности его эпохи. Но они отразились у писателя в их специфической русской форме» (Бялый, 1956, с. 431).

В письмах А. П. Чехова к редактору А. Н. Плещееву, знакомым и жене, где представлены мнения А. П. Чехова скорее как частного человека, обращается внимание на некоторые бытийные особенности существования человека в действительности, включая необходимость в сне. В конце писем к близким людям А. П. Чехов желает им сна и всегда определяет это состояние с помощью имени прилагательного к слову сон. А. Н. Плещееву, редактору отдела журнала «Северный вестник», где печатались произведения А. П. Чехова, он желает хорошего, покойного сна наряду с другими естественными потребностями. Он желает А. Н. Плещееву отдыха, определенного спокойного физиологического состояния, дающего возможность существовать: «Будьте здоровы; желаю Вам хорошего аппетита, хорошего сна и побольше денег» (Чехов, «Письма к редактору А. Н. Плещееву», Т. II , с. 211) ; «Будьте здоровы. Дай Вам бог хорошего аппетита, покойного сна и кучу денег» (Чехов, «Письма к редактору А. Н. Плещееву», Т. III , с. 65) ; «Дорогой Алексей Николаевич, поздравляю Вас с Новым годом, с новым счастьем; дай бог Вам здоровья, хорошего сна, отличного аппетита, побольше денег, поменьше чужих рукописей» (Чехов, «Письма к Алексею Николаевичу», Т. III , с. 107). В письмах к Е. М. Линтваревой, дочери хозяйки дачи в Сумах, где бывал А. П. Чехов, и к жене О. Л. Книппер-Чеховой А. П. Чехов желает золотых снов (прилагательное употреблено в переносном значении) и красивых снов (прилагательное употреблено в форме превосходной степени), а именно каких-то образов, картин, представлений хорошего качества, то есть сновидений: «Всем Вашим мой сердечный привет. Будьте здоровы, и да пошлет аллах к Вашему изголовью золотые сны!» (Чехов, «Письма к Е. М. Линтваревой», Т. III , с. 44 – 45) ; «Бог тебя благословит, да приснятся тебе самые лучшие, самые красивые сны. Целую тебя крепко и обнимаю» (Чехов, «Письма к Е. М. Линтваревой», Т. X, с. 115).

Согласно этим определениям к слову «сон» в письмах понятно, что А. П. Чехов желает в одном случае (в письмах к А. Н. Плещееву) сна как физиологического состояния, во время которого человек отдыхает и находится в спокойствии, а в другом — явлений, видений во сне, при этом употребляя только слово «сон». А. П. Чехов знал и понимал, что люди могут видеть что-то во сне, в том числе и любимых людей, и шутливо обращался с этой просьбой в конце одного из писем к жене: «Приснись мне, дуся!» (Чехов, «Письма к редактору А. Н. Плещееву», Т. X, с. 161–162).

А. П. Чехов как художник слова сам включал в свои произведения описание снов и обращал внимание на них в произведениях других писателей. Очень важным и интересным представляется письмо А. П. Чехова писателю Д. В. Григоровичу по поводу его рассказа «Сон Карелина», где А. П. Чехов не только высоко оценил представление снов в рассказе, но и описал свои ощущения и видения во время сна и высказал установки по поводу возможного представления сновидений в художественном произведении.

«Сейчас я прочитал "Сон Карелина", и меня теперь сильно занимает вопрос: насколько изображенный Вами сон есть сон? И мне кажется, что мозговая работа и общее чувство спящего человека переданы Вами и замечательно художественно и физиологически верно. Конечно, сон — явление субъективное и внутреннюю сторону его можно наблюдать только на самом себе, но так как процесс сновидения у всех людей одинаков, то, мне кажется, каждый читатель может мерить Карелина на свой собственный аршин и каждый критик поневоле должен быть субъективен. Я сужу на основании своих снов, которые часто вижу» (Чехов, «Письма к Д. В. Григоровичу», Т. II, с. 28).

В этом письме А. П. Чехов высказывает свое мнение о передаче сна персонажа в художественной литературе: необходимо соблюсти правдивость изображаемого, представить образы, возникающие во сне, и то, что является их причиной.

История изучения сна как физического состояния человека и сновидений, возникающих во время сна, насчитывает несколько тысячелетий и продолжается в настоящее время. Сон является объектом изучения разных направлений исследований, как естественных, так и гуманитарных. Это связано с тем, что человек, с одной стороны, существо биологическое, с другой — социальное. Время, проведенное в состоянии сна, занимает большую часть жизни человека, но сон необходим человеку для продолжения существования в состоянии бодрствования, для существования в социальной среде, в обществе. Необходимость сна обоснована представителями естественных наук. Медицина также изучает сон, поскольку его нарушение может привести человека к болезненному состоянию. Основные научные достижения в естественных и психологических исследованиях были сделаны в XIX – XX вв., было доказано, что сознание человека во время сна не отключено полностью, сон имеет разные фазы, проходит определенные стадии.

Природа наделила человека таким психологическим феноменом, как возможность в состоянии сна, небодрствования, видеть сны. Сновидения возникают не случайно, они связаны, как правило, с различными жизненными обстоятельствами, вызывающими у человека эмоциональное напряжение. О сновидениях становится известно после выхода человека из состояния сна, когда человек осмысляет содержание сна и может сообщить его другому.

Художественная литература должна отражать многомерность существования человека, поэтому сновидения могут становиться частью представления мира персонажа.

Часть 2
Лексема «сон»
в прозе А. П. Чехова:
семантика, сочетаемость

1. Семантика лексемы «сон», частотность употребления

Обратимся к лексикографическому описанию лексемы «сон» в ряде словарей: «Толковый словарь живого великорусского языка» В. И. Даля (1998), «Толково-комбинаторный словарь современного русского языка» И. А. Мельчука и А. К. Жолковского (1984), «Толковый словарь русского языка» С. И. Ожегова (1986), «Большой толковый словарь современного русского языка» под редакцией Д. Н. Ушакова (2005), «Словарь русского языка» под редакцией А. П. Евгеньевой (1985).

В «Толковом словаре живого великорусского языка» В. И. Даля дается следующее значение лексемы «сон»: «состояние спящего, отдых тела, в забытьи чувств» (Даль, 1998, Т. IV, с. 270).

В «Большом толковом словаре современного современного русского языка» под редакцией Д. Н. Ушакова лексема «сон» имеет следующие значения: «1. Периодически наступающее физиологическое состояние, противоположное бодрствованию, на время которого полностью или частично прекращается работа сознания. 2. То, что снится, видение, грезы спящего. 3. Мечта, греза, нечто, увлекающее воображение и чувство (поэт.). 4. О чем-н. несбыточном, фантастическом, сказочном, о каком-н. продукте воображения» (Ушаков, 2005, с. 989).

«Сон» в словаре С. И. Ожегова — «наступающее через

определенные промежутки времени физиологическое состояние покоя и отдыха, при котором полностью или частично прекращается работа сознания ... То, что снится, грезится спящему, сновидение» (Ожегов, 1986, с. 664–665).

В «Толково-комбинаторном словаре современного русского языка» И. А. Мельчука и А. К. Жолковского лексема «сон» имеет пять значений: «1. Физиологический процесс у животных и человека, периодически наступающее состояние покоя, отключения контроля над сознанием и снижения основных реакций организма. 2. то же, что сновидение; видения, порождаемые спящим сознанием. 3. Переносное значение как нечто несбыточное, неправдоподобное; мечта, иллюзия. 4. Также переносное значение и поэтический стиль как состояние спокойствия, полного покоя, тишины в где-либо (как правило, в природе). 5. переносное значение: серость, однообразие, застой, бездействие, отсутствие движения и другие» (Мельчук, Жолковский, 1984, с. 773).

В «Словаре русского языка» приводится три значения лексемы «сон»: «1. Наступающее через определенные промежутки времени физиологическое состояние покоя и отдыха, при котором полностью или частично прекращается работа сознания; 2. То же, что спячка (в 1 знач.); 3. То, что снится; сновидение» (Евгеньева, 1985, Т. 4, с. 194).

Первые значения лексемы «сон» в словарях русского языка соотносятся в определенной степени с объяснением сна в медицине как физиологического состояния человека. Во всех словарях второе значение лексемы «сон» (в «Словаре русското языка» — третье) равно значению лексемы «сновидение». В «Толковом словаре русского языка» С. И. Ожегова в словарной статье «сновидение» дается отсылка ко второму значению лексемы «сон» (Ожегов, 1986, с. 657).

Рассмотрим частотность употребления лексемы «сон» в прозаических произведениях А. П. Чехова с учетом употребления данной лексемы в разные периоды творчества в соответствии с периодизацией А. П. Чудакова, представленной в «Поэтике А. П. Чехова» (1971). В этой работе А. П. Чудаков исследует уровни чеховской художественной системы по трем хронологическим срезам.

I. Первое семилетие. К раннему творчеству А. П. Чудаков относит «прозаические произведения 1880 – 1887 гг. — повести, рассказы, сценки, то есть жанры, которые, развиваясь, привели к образованию рассказа Чехова и чеховского повествовательного стиля как особенного явления русского искусства конца XIX – начала XX в.» (Чудаков, 1971, с. 12). Специфика этого периода, по мнению А. П. Чудакова, обусловлена преобладанием субъективного повествования. Наиболее значимыми являются в 1885 г. «переход на новые художественные позиции завершился» (Чудаков, 1971, с. 32) и в 1887 г. «объективное повествование, уже сложившееся — в основных чертах — к этому времени, распространяется значительно шире, чем в любой из предшествующих годов» (Чудаков, 1971, с. 61).

II. 1888 – 1894 гг. — «время абсолютного господства объективного повествования в прозе Чехова» (Чудаков, 1971, с. 87). Особая роль отводится «переломному» 1888 г., когда у Чехова появляется возможность выбора пути: «пойти по прежней дороге, изведанной в 1885 – 1887 гг., или устремиться по новой», открытой в повести «Степь».

III. 1895 – 1904 гг. Введенный Чеховым в такой законченной последовательной форме в русскую литературу главный конструктивный принцип повествования «принцип изображения мира через конкретное воспринимающее сознание» (Чудаков, 1971, с. 136) становится универсальным.

Таблица 1   Частотность употребления лексемы «сон» в 108
прозаических произведениях А. П. Чехова

	общий	1 период (1880–1887)	2 период (1888–1894)	3 период (1895–1904)
сон	216(108)	139(77)	42(17)	35(14)

Анализ показывает, что лексема «сон» наиболее часто употребляется в первом периоде творчества, характеризующимся, согласно А. П. Чудакову, преобладанием субъективного повествования.

2. Сочетаемость лексемы « сон » с прилагательными и глаголами

Прилагательное + «сон»

А. П. Чехов не только обозначает физиологическое состояние персонажа с помощью существительного сон, но и во многих случаях определяет качество сна с помощью имени прилагательного. Прилагательные, определяющие сон персонажей, в прозе А. П. Чехова можно разделить на четыре группы.

1. Качественные имена прилагательные, характеризующие сон персонажей по разной степени глубины погружения человека в сон.

Сон может быть крепким: сон Насти в рассказе «Трифон» (Трифон, Т. II, 1884, с. 367); сон Лизы в рассказе «Страдальцы» (Страдальцы, Т. V, с. 264); сон поручика Сокольского в рассказе «Тина» (Тина, Т. V, с. 373); сон поручика Климова в рассказе «Тиф» (Тиф, Т. VI, с. 132); сон людей в рассказе «Почта» (Почта, Т. VI, с. 338); сон Варьки в рассказе «Спать хочется» (Спать хочется, Т. VII, с. 11); сон туриста в повести «Огни» (Огни, Т. VII, с. 133); сон Зинаиды Федоровны в повести «Рассказ неизвестного человека» (Рассказ неизвестного человека, Т. VIII, с. 153);

Сон может быть глубоким: сон Спиридона Федора в рассказе «Тайный советник» (Тайный советник, Т. V, с. 135); сон Оли в рассказе «Вор» (Вор, Т. II, с. 108).

Сон может быть здоровым: сон молодого поручика Климова в

рассказе «Тиф» (Тиф, Т. Ⅵ, с. 132).

Сон может быть молодым: сон Николая Андреевича Капитонова в рассказе «От нечего делать» (От нечего делать, Т. Ⅴ, с. 162); сон почтальона в рассказе «Ведьма» (Ведьма, Т. Ⅳ, с. 384).

Сон может быть покойным: сон Кузьмы в повести «Драма на охоте» (Драма на охоте, Т. Ⅲ, с. 288).

Сон может быть чутким: сон Петра Демьяныча в рассказе «Сон» (Сон, Т. Ⅲ, с. 154).

2. Качественные прилагательные, характеризующие сон с точки зрения положительной или отрицательной эмоциональной оценки (персонажем или автором).

Сон может быть приятным: сон будущих солдат в рассказе «Сон золотых юнцов» (Сон золотых юнцов, Т. Ⅰ, с. 436).

Сон может быть безмятежным: (сон туриста в повести «Огни» (Огни, Т. Ⅶ, с. 133).

Сон может быть тяжелым: сон Маруси в рассказе «Цветы запоздалые» (Цветы запоздалые, Т. Ⅰ, с. 417); сон главного конторщика Гронтовского в рассказе «Пустой случай» (Пустой случай, Т. Ⅴ, с. 308); сон Марии Васильевны в рассказе «На подводе» (На подводе, Т. Ⅸ, с. 342).

Сон может быть тревожным: сон семьи в повести «Мужики» (Мужики, Т. Ⅸ, с. 301); сон Беликова в рассказе «Человек в футляре» (Человек в футляре, Т. Ⅹ, с. 45).

Сон может быть сладким: сон почтальона в рассказе «Ведьма» (Ведьма, Т. Ⅳ, с. 383); сон человека в рассказе «Ты и вы» (Ты и вы, Т. Ⅴ, с. 237); сон Иловайской в рассказе «На пути» (На пути, Т. Ⅴ, с. 474); сон провизора Черномордика в рассказе «Аптекарша» (Аптекарша, Т. Ⅴ, с. 195).

Сон может быть утомленным: сон Зиновьева в повести «Драма на охоте» (Драма на охоте, Т. Ⅲ, с. 250).

Сон может быть обольстительным: сон медицинских людей в рассказе «Встреча весны» (Встреча весны, Т. Ⅰ, с. 141).

Сон может быть обворожительным: сон Лизы в рассказе «Живой товар» (Живой товар, Т. Ⅰ, с. 372).

Сон может быть прекрасным: сон Чаликова в рассказе «Бабье царство» (Бабье царство, Т. Ⅷ, с. 264).

Сон может быть богатырским: сон народа в рассказе «В вагоне» (В вагоне, Т. Ⅰ, с. 85).

Сон может быть восхитительным: сон княгини и Маруси в рассказе «Цветы запоздалые» (Цветы запоздалые, Т. Ⅰ, с. 417).

Сон может быть хорошим: сон княгини и Маруси в рассказе «Цветы запоздалые» (Цветы запоздалые, Т. Ⅰ, с. 395); сон Оли в рассказе «Вор» (Вор, Т. Ⅱ, с. 108); сон Петра Петровича в рассказе «Дом с мезонином» (Дом с мезонином, Т. Ⅸ, с. 154).

Сон может быть счастливым: сон Зинаиды Федоровны в повести «Рассказ неизвестного человека» (Рассказ неизвестного человека, Т. Ⅷ, с. 153).

Сон может быть странным: сон Петра Демьяныча в рассказе «Сон» (Сон, Т. Ⅲ, с. 155); сон Марии Васильевны в рассказе «На подводе» (На подводе, Т. Ⅸ, с. 342).

Сон может быть страшным: сон инженера Ананьева в повести «Огни» (Огни, Т. Ⅶ, с. 105); сон Татарина в рассказе «В ссылке» (В ссылке, Т. Ⅵ, с. 285).

Сон может быть смутным: сон следователя Лыжина в рассказе «По делам службы» (По делам службы, Т. Ⅹ, с. 99).

Сон может быть нехорошим: сон Петра Демьяныча в рассказе «Сон»

（Сон, Т. Ⅲ, с. 155）; сон Варьки в рассказе «Спать хочется» (Спать хочется, Т. Ⅶ, с. 11); сон следователя Лыжина в рассказе «По делам службы» (По делам службы, Т. Х, с. 99).

Сон может быть дурным: сон Ариадны в рассказе «Ариадна» (Ариадна, Т. Ⅸ, с. 128).

Сон может быть томительным: сон почтальона в рассказе «Ведьма» (Ведьма, Т. Ⅳ, с. 384).

Сон может быть ужасным: сон кухарки и барыни в рассказе «Блины» (Блины, Т. Ⅳ, с. 362); сон Грохольского в рассказе «Живой товар» (Живой товар, Т. Ⅰ, с. 375).

3. Относительные и качественные имена прилагательные, характеризующие сон по долготе и времени.

Сон может быть длинным: сон Княгини и Маруси в рассказе «Цветы запоздалые» (Цветы запоздалые, Т. Ⅰ, с. 417).

Сон может быть скорым: сон Варьки в рассказе «Спать хочется» (Спать хочется, Т. Ⅶ, с. 11).

Сон может быть первым: сон почтальона в рассказе « Ведьма » (Ведьма, Т. Ⅳ, с. 383).

Сон может быть дневным: сон Кузьмы в повести «Драма на охоте» (Драма на охоте, Т. Ⅲ, с. 275).

Сон может быть утренним: сон людей в рассказе «Почта» (Почта, Т. Ⅵ, с. 338).

Сон может быть послеобеденным: сон Ляшкевского в рассказе «Обыватели» (Обыватели, Т. Ⅵ, с. 196); сон Зиновьева в повести «Драма на охоте» (Драма на охоте, Т. Ⅲ, с. 246).

Сон может быть грядущим: сон Дюди в рассказе «Бабы» (Бабы, Т. Ⅶ, с. 342).

Сон может быть долгим: сон Оленьки в рассказе « Душечка »

（Душечка，Т. Х，с. 111）.

Сон может быть прерванным：сон Зиновьева в повести «Драма на охоте» (Драма на охоте, Т. Ⅲ, с. 366).

4. Относительные прилагательные, обозначающие в сочетании со словом «сон» конец жизни.

Сон может быть вечным：сон Ильки в рассказе «Ненужная победа» (Ненужная победа, Т. Ⅰ, с. 356); сон людей в рассказе «Дама с собачкой» (Дама с собачкой, Т. Х, с. 133).

Сон может быть могильным：сон Николая Степановича в повести «Скучная история» (Скучная история, Т. Ⅶ, с. 263); сон советника Навагина в рассказе «Тайна» (Тайна, Т. Ⅵ, с. 150).

Сон может быть смертным：сон Принца Гамлета в рассказе «Страх» (Страх, Т. Ⅷ, с. 130).

Наиболее частотными являются имена прилагательные второй группы, определяющие сон по эмоциональной оценке сна самим персонажем (в прямой или внутренней речи) или автором, что свидетельствует о необходимости внутреннего осмысления происходящих во сне явлений и отношении к ним.

Определения к снам персонифицированных персонажей

Персонифицированными персонажами являются персонажи, имеющие имена и фамилии, таких персонажей в прозаических произведениях А. П. Чехова большинство. Проанализируем некоторые произведения, в которых качественные имена прилагательные, определяющие лексему « сон » как состояния человека, будут рассмотрены в контексте произведения.

Например, в рассказе «Живой товар» Грохольский жалуется Лизе на то, как он провел ночь, видя, по его оценке, «сны ужасные», что объясняет затем его поведение днем: он не встает после сна, лежит в постели и принимает лекарства. Содержание снов, количество которых точно не определено, но форма множественного числа существительного указывает на не единичность, не раскрывается ни в персонажной, ни в авторской речи. Прилагательное, данное самим персонажем своим снам, позволяет читателю предположить, что то, что снилось Грохольскому, было для него мучительным, длилось все время, отведенное для сна («всю ночь»), и привело к расстройству физического состояния. Однако данная реплика произнесена Грохольским после длинного диалога с Лизой, из которого выясняется, что на соседнюю дачу приехали ее муж с сыном, что она хочет пригласить их в гости, и это вызывает определенное беспокойство и страх у Грохольского. Видимо, «ужасные сны» были придуманы Грохольским, чтобы оттянуть встречу с мужем Лизы, у которого он ее увел, и ему было удобно сослаться на свое состояние ночью. «Ужасные сны», события и явления которых вызывают у человека страх, испуг, приводят человека к нездоровому самочувствию после пробуждения. Знание о снах, в которых потенциально возможны отрицательно воспринимаемые спящим явления, события, позволяет персонажу воспользоваться этим в своих целях. Такое поведение является штрихом к портрету Грохольского, который не очень беспокоился об ответственности за свои поступки. В конце произведения богач Грохольский превратился в приживалу в усадьбе Бугрова, у которого он увел Лизу и которого не хотел видеть, ссылаясь на то, что ему приснилось что-то ужасное.

«— Всю ночь сны ужасные… Я не встану сегодня с постели, полежу… Надо будет хинину принять. Пришлешь мне чай сюда, мамочка…» (Живой товар, Т. I, с. 375).

Сторож ссудной лавки в рассказе «Сон» не понимает, что в лавку пришли грабители, и воспринимает их действия в лавке за сон, оценивая определением невозможность такого в реальности.

«Какой нехороший сон! — думал я. — Как жутко! Проснуться бы!» (Сон, Т. Ⅲ, с. 154).

В рассказе «Бабье царство» губернский секретарь Чаликов обратился к богатой барыне Анне Акимовне за помощью в связи со сложным семейным положением и воспринял ее приезд к нему в дом как невероятное, нереальное, но долгожданное и желаемое событие.

«Со стоном он подбежал к ней и, мыча, как параличный, — на бороде у него была капуста, и пахло от него водкой, — припал лбом к муфте и как бы замер.

— Ручку! Ручку святую! — проговорил он, задыхаясь. — Сон! Прекрасный сон! Дети, разбудите меня!» (Бабье царство, Т. Ⅷ, с. 264).

В рассказе «Человек в футляре» Беликов, воспринимая все реалии жизни как опасность, видит сны, отражающие его беспокойное отношение к реальной жизни и в ирреальной действительности. Время сна — ночь — заполнено у персонажа не одним сном, а неопределенным множеством снов (состояние сна представлено формой множественного числа имени существительного «сны»), но качество их было одинаковым, что представлено прилагательным «тревожные». Других снов и покоя во время ночи не было, на что указывает местоимение-прилагательное «вся», обозначающее охват времени, отведенный на ночь, полностью. Такие сны в рассказе являются элементом не столько биологического, сколько социального мира Беликова. Определение «тревожные» проецируется предыдущим описанием внутреннего состояния персонажа, состоянием страха, боязни, и сон, таким образом, может содержать некоторые видения, которые прямо не обозначены в тексте, но «выводятся» читателем из контекста как такие, которые вызывают у персонажа волнение, гнетущие переживания и страх. Эти же внутренние переживания он испытывает в реальности, они же продолжаются и во сне. Прилагательное позволяет спроецировать потенциальное содержание сна с неявными событиями, явлениями, но такими, которые определены качественно и воспринимаются персонажем как опасные, страшные для его существования. Таким образом, существование Беликова в реальности и в ирреальности, во сне, одинаково, оно не меняется, весь мир персонажа наполнен только страхом за свою жизнь и страданиями. П. Н. Долженков, анализируя произведения, в которых раскрывается тема страха перед жизнью в прозе А. П. Чехова, обращает внимание и на рассказ «Человек в футляре». Он считает, что Беликов испытывает ужас от каждой мелочи, что им владеет иррациональный, первобытный страх в ожидании катастрофы, мир воспринимается им как враждебное и страшное начало, и он как-то пытается защититься от него (Долженков, 1995, с. 68).

«И ему было страшно под одеялом. Он боялся, как бы чего не вышло, как бы его не зарезал Афанасий, как бы не забрались воры, и потом всю ночь видел тревожные сны, а утром, когда мы вместе шли в гимназию, был скучен, бледен, и было видно, что многолюдная гимназия, в которую он шел, была страшна, противна всему существу его и что идти рядом со мной ему, человеку по натуре одинокому, было тяжко» (Человек в футляре, Т. X, с. 45).

Проанализируем значение атрибутизации «сладкий», выражающей эмоциональную оценку сна. «Сладкие сны», «сладко спать» — это стертая, лексикализованная метафора, основанная на вкусовых ощущениях. Первое, основное значение слова «сладкий» связано с именованием вкусовых ощущений — имеющий вкус, свойственный сахару или меду (БТС, 2004, с. 1206). Отсюда образовалось метафорическое значение « приятный, доставляющий удовольствие, наслаждение » (БТС, 2004, с. 1206). Очевидно, это можно квалифицировать как функциональную метафору (перенос осуществляется по сходству функций предметов, в данном случае эта функция — доставление удовольствия). В метафорическом значении прилагательное употребляется с такими словами, как « жизнь », «мечты», «грезы», «сон». Аналогично употребляется и наречие: сладко живется, сладко спится, сладко спать.

У А. П. Чехова прилагательное « сладкий » и наречие « сладко » употребляется достаточно часто — в рассказах «Ведьма» (Ведьма, Т. IV), «Ты и вы» (Ты и вы, Т. V), «На пути» (На пути, Т. V), «Аптекарша» (Аптекарша, Т. V).

Как представляется, обе эти атрибутизации получают в текстах А. П. Чехова негативное значение: они обычно показывают такое состояние героев во сне, которое означает жизненную ошибку, которую герой или совершает или может совершить. Рассмотрим употребление этих атрибутизаций на примере рассказа «Ведьма». Негативное значение лексем « сладкий » и « сладко » основывается уже на общеязыковой семантике слов. Таковы переносные значения прилагательного сладкий — приторно-нежный, умильный (разг. неодобр.), льстивый, лицемерный (Ожегов, Шведова, 2006, с. 826).

Рассмотрим употребление этих атрибутизаций на примере рассказа «Ведьма». Рассмотрим попутно, как лексемы, обозначающие состояние сна, и определения к ним участвуют в формировании замысла всего рассказа — трагикомического существования двух людей, дьячка

Савелия Гыкина и его жены Раисы.

В рассказе «Ведьма» лексемы, имеющие значение «находиться в состоянии сна», встречаются в тексте 17 раз. События, описанные в рассказе, происходят ночью, в обычное для сна время, но супруги не спят, чему способствует метель за окном и то, в чем супруг подозревает свою жену, считая ее ведьмой, а потому виновной в непогоде. Погода, как считает муж, должна привести кого-то в их дом, о чем мечтает жена. В начале рассказа деятельность Раисы в реальности связывается со сном.

«Руки ее быстро двигались, все же тело, выражение глаз, брови, жирные губы, белая шея замерли, погруженные в однообразную, механическую работу и, казалось, спали. Изредка только она поднимала голову, чтобы дать отдохнуть своей утомившейся шее, взглядывала мельком на окно, за которым бушевала метель, и опять сгибалась над рядном. Ни желаний, ни грусти, ни радости — ничего не выражало ее красивое лицо с вздернутым носом и ямками на щеках. Так ничего не выражает красивый фонтан, когда он не бьет» (Ведьма, Т. IV, с. 376).

В данном контексте используется метафора сна как определение состояния персонажа. Метафорический образ появляется в рассказе при том, что состояние героини связано с движением: дьячиха работает. Но ее работа — это механические движения, однообразные и повторяющиеся. На лице героини не выражаются никакие чувства, поэтому все тело и отдельные его части выглядят так, как будто погружены в состояние сна. Однако метафора вводится при наличии вводного слова «казалось», выражающего одну из центральных чеховских оппозиций — казалось/оказалось (Катаев, 1979, с. 277). Описание и восприятие дьячихи реализует точку зрения повествователя.

Другой персонаж рассказа, дьячок Савелий Гыкин, хотя и наблюдает за выражением лица своей жены, но не видит ее красоты, что становится понятным благодаря замечанию в конце рассказа.

«*… Дикая сила придавали лежавшей около него женщине особую непонятную прелесть, какой он и не замечал ранее*» (Ведьма, Т. IV, с. 386).

Внимание Савелия сосредоточено только на выражении лица, но не самом лице. В выражении лица дьячихи он стремится прочитать доказательство того, что он в ней подозревает: в дьячихе «сучья кровь» и, когда кровь начинает играть, дьячиха-ведьма делает непогоду, метель, которая заставляет сбившихся с пути мужчин заезжать в дом к дьячку.

«*… — Я замечаю: как в тебе кровь начинает играть, так и непогода, а как только непогода, так и несет сюда какого ни на есть безумца*» (Ведьма, Т. IV, с. 376).

На сей раз Савелий, видимо, решает, что все обойдется: его обманывает «тусклый, неподвижный взгляд» дьячихи и движение, свидетельствующее о желании сна: она сладко потягивается.

«*Но вот она кончила один мешок, бросила его в сторону и, сладко потянувшись, остановила свой тусклый, неподвижный взгляд на окне…*» (Ведьма, Т. IV, с. 376).

Поэтому Савелий говорит жене, чтобы она ложилась спать, однако Раиса не ложится, а взгляд ее меняется:

«*Дьячиха молчала. Но вдруг ресницы ее шевельнулись и в глазах блеснуло внимание*» (Ведьма, Т. IV, с. 376).

Внимание дьячихи вызвано тем, что она уловила движение в метели:

«*— Кажись, кто-то едет…*» (Ведьма, Т. IV, с. 376).

В какой-то момент Савелий, успокоившись, решает, что почта (он точно определил, что это была почта) проехала мимо, и собирается было опять ложиться, как вдруг слышит, что почту начинает кружить. Именно тут становится понятна вся суть претензий Савелия к жене: он вспоминает массу случаев, когда в метель к ним заезжали мужчины, к которым дьячиха испытывает интерес. Так, например, она «польстилась» на писаря.

« — И на что польстилась! Тьфу, на писаря! Стоило из-за него божью погоду мутить! Чертяка, сморкун, из земли не видно, вся морда в угрях и шея кривая … Добро бы, красивый был, а то — тьфу! — сатана!» (Ведьма, Т. IV, с. 378).

В поведении дьячихи, однако, виноват сам Савелий: он грязный, нечистоплотный человек, не замечающий красоты своей жены. Именно поэтому Раиса выглядит сонной, застыв в своих механических движениях. Однако она не спит. Это означает тайное желание дьячихи того, в чем обделил ее законный муж.

Ругань Савелия и Раисы сменяется тем, что в окно стучится сбившийся с дороги почтальон, просится переночевать и заходит в комнату. Дьячиха гостеприимно предлагает ему выпить чаю — погреться с дороги. Однако из ответа почтальона становится понятна ситуация: он должен спешить, чтобы не опоздать на почтовый поезд:

« — Куда тут чай распивать! — нахмурился почтальон. — Надо вот скорее греться да ехать, а то к почтовому поезду опоздаем. Минут десять посидим и поедем. Только вы, сделайте милость, дорогу нам покажите...» (Ведьма, Т. IV, с. 380–381).

Однако вместо того чтобы ехать, почтальон засыпает. Спит и Савелий, на что указывают такие лексемы, как «тишина», «сопеть», «уснувший», и звукоподражательное, сопровождающее процесс сна, «к-х-х-х...»

В рассказе «Ведьма» поднимается важнейшая проблема выполнения человеком своего долга. Она воплощается в сюжетной линии, связанной с почтой. Тема почты вписывается в исключительно серьезную для всего творчества А. П. Чехова проблему коммуникации (Степанов, 2005). Почта — это, если использовать терминологию теории коммуникации, канал связи в человеческом мире, и она должна работать бесперебойно и точно по времени. Задержка во времени будет означать помехи в канале связи и может иметь драматичные последствия. В свете этой идеи предстают все действия героев рассказа «Ведьма». Дьячиха, обделенная вниманием своего мужа, страдающая от его неряшливости, грубости, заинтересована в том, чтобы почтальон задержался. Тем самым она выполняет функцию искусителя, и все ее реплики, обещающие уют и отдых измученному дорогой почтальону, становятся в подтексте «сатанинским» искушением:

(1) « — *Может, с дороги чаю покушаете? — спросила дьячиха*» (Ведьма, Т. IV, с. 380).

(2) « — *Ну, куда в такую погоду ехать! — услышал он мягкий женский голос. — Спали бы себе да спали на доброе здоровье!*» (Ведьма, Т. IV, с. 383).

Сон — это самое главное, к чему настойчиво подталкивает дьячиха почтальона. Однако искушению мешает Савелий. От ревности он внезапно просыпается, отказывается потушить свет и будит почтальона:

«... — *Тут им нечего спать... Да... Дело у них казенное, мы же отвечать будем, зачем их тут держали. Коли везешь почту, так вези, а спать нечего... Эй, ты! — крикнул Савелий в сени. — Ты, ямщик... как тебя? Проводить вас, что ли? Вставай, нечего с почтой спать!*

И расходившийся Савелий подскочил к почтальону и дернул его за рукав.

— Эй, ваше благородие! Ехать, так ехать, а коли не ехать, так и не тово... Спать не годится» (Ведьма, Т. Ⅳ, с. 383).

В этом эпизоде значительное место занимает сцена пробуждения почтальона. Здесь используется множество предметно-словесных деталей, фиксирующих «пограничное» состояние почтальона, когда он не может отойти от сна, находится как бы в полусне. Так, он меняет положение — садится, у него «мутный взгляд», опять ложится, затем открывает глаза, чувствует тепло и изнеможение, ему кажется, что он видит сон.

«Почтальон вскочил, сел, обвел мутным взглядом сторожку и опять лег.

— А ехать же когда? — забарабанил языком Савелий, дергая его за рукав. — На то ведь она и почта, чтоб во благовремении поспевать, слышишь? Я провожу.

Почтальон открыл глаза. Согретый и изнеможенный сладким первым сном, еще не совсем проснувшийся, он увидел, как в тумане, белую шею и неподвижный масленый взгляд дьячихи, закрыл глаза и улыбнулся, точно ему все это снилось» (Ведьма, Т. Ⅳ, с. 383).

В этой части рассказа лексема «сон» получает определение «сладкий». Это лексикализованный метафорический эпитет, основанный на вкусовых ощущениях. С учетом проблематики рассказа эпитет явно получает крайне негативное значение, включающее семы «приятный», «искушающий», «дьявольский». Сон создает приятные физические ощущения — он согревает, однако сон забирает у человека силы, мочь, т. е. возможность делать то, что нужно: это показывает причастие «изнеможенный». Так проявляется дьявольская «сладость» сна. В полусне герой видит дьячиху — то в дьячихе, что приковывает его внимание, притягивает, искушает, однако это кажется ему сном. Но перед почтальоном то, что существует в реальности. Состояние сна способствует здесь тому, что персонаж принимает реально существующее за ирреальное. В этом заключается определенная опасность: герой может совершить большую жизненную ошибку. Примечательно, что причина улыбки — то, что искушающие его вещи он воспринимает как сон.

Это значит, что он не боится реально существующего зла. На ошибочность восприятия персонажем зла как нереального указывает сравнительная конструкция с союзом «точно» и глаголом «снится».

Сон достаточно длительное время не отпускает героя, что показывают соответствующие физические действия: герой зевает, затем, уже одеваясь, потягивается. Последнее действие характеризуется наречием «сладко»:

« — *Пять минуток еще бы можно поспать… — зевнул он. — Все равно опоздали…*

Почтальон поднялся и, сладко потягиваясь, стал надевать пальто» (Ведьма, Т. IV, с. 383).

На призывы Савелия ехать сразу откликается ямщик, но не почтальон. Он также призывает почтальона ехать, способствуя тому, чтобы тот окончательно очнулся от сна. Очевидно, что меньшая предрасположенность ямщика ко сну связана непосредственно с его работой: он, ямщик, отвечает за движение, которое спасительно. Склонность ко сну почтальона, как представляется, связана с тем, что он охарактеризован в рассказе достаточно отрицательно: так, он входит в сторожку не здороваясь, испытывает раздражение и злость. Слова дьячихи «Наказал бог погодой!» явно имеет отношение к этому персонажу. Сон для почтальона становится тем самым губительным.

Искушение в образе красивой дьячихи, которая «словно собиралась залезть ему (почтальону — примечание автора Л. Х.) в душу », проявляется в силе любовной тяги, при этом примечательно, что состояние персонажа опять связано со сном.

«*И не совсем еще проснувшимся, не успевшим стряхнуть с себя обаяние молодого томительного сна, почтальоном вдруг овладело желание, ради которого забываются тюки, почтовые поезда ... все на свете. Испуганно, словно желая бежать или спрятаться, он взглянул на дверь, схватил за талию дьячиху и уж нагнулся над лампочкой, чтобы потушить огонь, как в сенях застучали сапоги и на пороге показался ямщик...*» (Ведьма, Т. IV, с. 384).

Характеристики, которые получает сон, представлены словами « обаяние », « молодой », « томительный », а также глаголом «стряхивать». Глагол имеет метафорическое значение и рисует сон, со всеми его приятными ощущениями, в образе чего-то внешнего, легкого, что как бы ложится сверху, быть может, опутывает человека. Но сон необходимо «стряхнуть». Затем почтальон идет за ямщиком, готовый ехать, и это уже происходит при полном пробуждении:

« *— Все готово! — сказал ямщик. Почтальон постоял немного, резко мотнул головой, как окончательно проснувшийся, и пошел за ямщиком. Дьячиха осталась одна*» (Ведьма, Т. IV, с. 384).

Савелий, который сам называет себя «нечистым духом», выполняет в рассказе положительную функцию — возвращает к движению почту. В этом анекдотичность ситуации. С дьячихи, которая действительно выглядит главной искушающей силой, вина, однако, в значительной мере снимается. Страдания героини видны, в частности, в описании ее лица, когда она лежит в постели:

«*Глаза у нее были закрыты, но по мелким судорогам, которые бегали по ее лицу, он догадался, что она не спит»* (Ведьма, Т. IV, с. 385).

Отсутствие сна, судороги, пробегающие по лицу, показывают все страдания героини в ее загубленной молодой жизни. Савелий опять начинает свою ругань, и Раиса рыдает, говорит, что она «несчастная». Затем она засыпает, при этом описание ее отхода ко сну могут вызвать ассоциации со смертью.

«Долго плакала дьячиха. В конце концов она глубоко вздохнула и утихла» (Ведьма, Т. IV, с. 386).

Эти два предложения совершенно ясно выражают страдания героини и вызывают к ней сочувствие.

В какой-то момент наступает своего рода прозрение для Савелия: он вдруг замечает красоту своей жены. Однако получает от нее сильный удар в переносицу. Так заканчивается рассказ.

Таким образом, лексемы со значением «сон» и определения к ним в рассказе «Ведьма» играют исключительно важную роль. Во-первых, они характеризуют жизнь обитателей сторожки. Во-вторых, выстраивают важнейшую сюжетную линию, связанную с приездом почтальона. Здесь создается ситуация, позволяющая представить состояние человека в жизни: сон означает замутненное сознание, поддающееся искушению, когда человек не в состоянии выполнять свой долг. Сон тем самым приобретает метафорическое значение, оценивающее посредством образа состояние человека, его жизненное поведение и поступки. В состоянии сна реальное может восприниматься как ирреальное, скрывая от человека всю губительность его поступков. Вкусовой эпитет, передающий «сладость» сна, показывает его губительность.

Глагол + «сон»

В прозе А. П. Чехова встречаются следующие сочетания глаголов со словом «сон».

Именительный падеж. Сочетается в роли подлежащего в предложениях с глаголами, которые имеют, в основном, значение длительности, прерывности, прекращения или объяснения влияния сна.

сон снится (Встреча весны, Т. Ⅰ, с. 141), (Барыня, Т. Ⅰ, с. 257), (Живой товар, Т. Ⅰ, с. 372), (Цветы запоздалые, Т. Ⅰ, с. 372);

сон приснится (Каштанка, Т. Ⅵ, с. 440);

сон повлиял(Конь и трепетная лань, Т. Ⅳ, с. 100);

сон значит(Драма на охоте, Т. Ⅲ, с. 269);

сон означает(Драма на охоте, Т. Ⅲ, с. 349);

сон слетит(Цветы запоздалые, Т. Ⅰ, с. 417), (Нарвался, Т. Ⅰ, с. 436);

сон идет(Аптекарша, Т. Ⅴ, с. 192);

сон продолжается(Степь, Т. Ⅶ, с. 23);

сон бежал(То была она! Т. Ⅴ, с. 484);

сон возвращается(Ты и вы, Т. Ⅴ, с. 237), (В потемках, Т. Ⅴ, с. 294);

сон принадлежит(Несчастье, Т. Ⅴ, с. 251);

сон прошел(Жена, Т. Ⅶ, с. 491);

сон посетил (Скучная история, Т. Ⅶ, с. 263), (Страх, Т. Ⅷ, с. 130);

сон не возвращается(Ты и вы, Т. Ⅴ, с. 237), (В потемках, Т. Ⅴ, с. 294).

Родительный падеж. Сочетается с глаголами, обозначающими прекращение сна самостоятельно или несамостоятельно («разбудить»).

очнуться от сна(Драма на охоте, Т. Ⅲ, с. 373), (Мужики, Т.

IX, с. 301), (Душечка, Т. X, с. 111);

разбудить от сна(От нечего делать, Т. V, с. 162);

пробудиться от сна(Корреспондент, Т. I, с. 190), (Ариадна, Т. IX, с. 126);

встать от сна(Мой домострой, Т. V, с. 359).

Дательный падеж. Сочетается с глаголами, обозначающими вхождение в сон.

готовиться к сну (Драма на охоте, Т. III, с. 286), (Неосторожность, Т. VI, с. 64);

располагать ко сну(Моя жизнь, Т. IX, с. 245).

Винительный падеж. Является объектом при глаголах, имеющих значение восприятия, мыслительной деятельности, отстранения, ощущения, включения.

видеть сон (Умный дворник, Т. II, с. 73), (Драма на охоте, Т. III, с. 363), (Аптекарша, Т. V, с. 196), (Тссс! Т. V, с. 406), (Блины, Т. IV, с. 362), (Огни, Т. VII, с. 105), (Скучная история, Т. VII, с. 292, с. 303), (Дом с мезонином, Т. IX, с. 175);

выдумывать сон(Драма на охоте, Т. III, с. 396);

отогнать сон (Мои жены, Т. IV, с. 26);

прогнать сон (Спать хочется, Т. VII, с. 11);

побороть сон (Студент, Т. VIII, с. 307);

рассказывать сон(Дуэль, Т. VII, с. 372);

пересиливать сон(Козел или негодяй? Т. II, с. 160);

пересилить сон(Спать хочется, Т. VII, с. 10);

предвкушать сон(Рассказ неизвестного человека, Т. VIII, с. 153)

вкушать сон(За яблочки, Т. I, с. 40);

считать за сон(Тайный советник, Т. V, с. 139);

похожее на сон(Беда, Т. V, с. 436);

погружаться в сон (Ну, публика! Т. Ⅳ, с. 235), (Тайный советник, Т. Ⅴ, с. 135), (Страхи, Т. Ⅴ, с. 188), (В суде, Т. Ⅴ, с. 343), (Недобрая ночь, Т. Ⅴ, с. 384), (Человек в футляре, Т. Ⅹ, с. 53);

слышать сквозь сон (Сон, Т. Ⅲ, с. 154), (Заблудшие, Т. Ⅳ, с. 78), (Лишние люди, Т. Ⅴ, с. 202), (Тиф, Т. Ⅵ, с. 131).

Творительный падеж. Сочетается с глаголами со значением преодоления, избытка, впечатления и с глаголом «спать» (находиться в состоянии сна), но только в сочетании с именем прилагательным.

бороться со сном (Тайный советник, Т. Ⅴ, с. 138), (Бабье царство, Т. Ⅷ, с. 269);

казалось сном (Волк, Т. Ⅴ, с. 42), (Страх, Т. Ⅷ, с. 137);

спать непробудным сном (Аптекарша, Т. Ⅴ, с. 192);

спать сладким сном (Ты и вы, Т. Ⅴ, с. 237);

спать крепким сном (Трифон, Т. Ⅱ, с. 367), (Страдальцы, Т. Ⅴ, с. 264), (Тина, Т. Ⅴ, с. 373);

спать крепким утренним сном (Почта, Т. Ⅵ, с. 338);

утомиться сном (Рассказ неизвестного человека, Т. Ⅷ, с. 139);

оказалось сном (Рассказ неизвестного человека, Т. Ⅷ, с. 191).

Предложный падеж. Сочетается с глаголами, обозначающими процессы, которые могут происходить во сне: мыслительной деятельности, непроизвольных действий, возникновения, представления.

видеть во сне (Ненужная победа, Т. Ⅰ, с. 356), (Двадцать шесть, Т. Ⅱ, с. 117), (Козел или негодяй? Т. Ⅱ, с. 160), (Perpetuum mobile, Т. Ⅱ, с. 328), (Стража по стражей, Т. Ⅳ, с. 21), (Последняя могиканша, Т. Ⅲ, с. 417), (Мои жены, Т. Ⅳ, с. 26), (Кухарка женится, Т. Ⅳ, с. 138), (Аптекарша, Т. Ⅴ, с. 195), (Нахлебники,

Т. V, с. 282, с. 287),(Беда, Т. V, с. 436), (Пари, Т. VII, с. 234),
(Моя жизнь, Т. IX, с. 239);

не видеть во сне(Певчие, Т. II, с. 352), (Страшная ночь, Т. III,
с. 144), (Перекати-поле, Т. VI, с. 258), (Моя жизнь, Т. IX, с. 223);

чудиться во сне(Красавицы, Т. VII, с. 160);

помнить во сне(Драма на охоте, Т. III, с. 395);

казалось во сне(По делам службы, Т. X, с. 98);

вспомнить во сне(По делам службы, Т. X, с. 98);

мечтать во сне(Стража по стражей, Т. IV, с. 21);

явился во сне(Мужики, Т. IX, с. 289);

не оставляло желание во сне(Тайный советник, Т. V, с. 128);

замирать во сне(Агафья, Т. V, с. 27);

слышать во сне(Перекати-поле, Т. VI, с. 263);

вскрикивать во сне(Душечка, Т. X, с. 106);

храпеть во сне(Огни, Т. VII, с. 109);

запачкать во сне(Драма на охоте, Т. III, с. 395);

давить во сне(В усадьбе, Т. VIII, с. 341);

думать о сне(От нечего делать, Т. V, с. 158).

Сочетание лексемы «сон» в разных падежах с глаголами показывает,
что сон — это состояние, в которое персонаж может входить, вступать,
которое он может преодолевать и во время которого продолжается
разнообразная процессуальная деятельность персонажа: физическая,
мыслительная, чувственная, ментальная. Эта деятельность происходит
непроизвольно, во сне, что расширяет представления о явлении сна как
особом состоянии организма и дает возможности объемно
охарактеризовать состояние персонажа во время сна.

3. Лексемы, формирующие лексико-тематическую группу «сон»

Погружение в состояние сна в прозаических произведениях А. П. Чехова представлено не только лексемой «сон», но и другими лексемами, формирующими лексико-тематическую группу «сон».

Выше отмечалось, что лексема «сон» встречается 216 раз в 108 прозаических произведениях. В лексико-тематическую группу «сон» входят также другие лексемы, участвующие в представлении состояния сна и сновидений. По количеству употреблений преобладает глагол спать.

Спать (быть в состоянии сна) встречается 1102 раза в 262 произведениях (далее после лексемы будет дан количественный показатель ее употребления, а в круглых скобках — количество произведений, в которых она встречается).

Глаголы: *проснуться* — 172 (97); *уснуть* — 156 (91); *сниться* — 75 (46); *разбудить* — 73 (58); *засыпать* — 58 (50); *просыпаться* — 54 (40); *дремать* — 51 (41); *будить* — 30 (29); *храпеть* — 20 (19); *высыпаться* — 18 (15); *заснуть* — 15 (14); *проспать* — 12 (11); *присниться* — 11 (8); *задремать* — 10 (9); *поспать* — 9 (8); *очнуться* — 4 (3); *пробудиться* — 3 (3); *вздремнуть* — 3 (3); *подремать* — 3 (3); *соснуть* — 2 (2); *всхрапнуть* — 1 (1).

Имена существительные: *дремота* — 30 (22); *полусон* — 8 (7); *забытье* — 10 (10); *храп* — 10 (10); *Морфей* (наименование в древнегреческой мифологии бога сновидений; входя в словосочетание, может обозначать погружение в сон, например, попасть в объятия Морфея, отдаться Морфею) — 6 (6).

Глаголы *сниться*, *присниться* формируют предложение или текстовый фрагмент, включающий объект сна, сновидение.

Глагол *спать* обозначает процесс нахождения в состоянии сна и может характеризоваться качественными наречиями.

Глаголы *уснуть*, *проснуться*, *засыпать*, *просыпаться*, *пробудиться*, *очнуться* обозначают разные фазы состояния сна, связанные с вхождением в сон и выходом из него и осуществляемые самим персонажем без посторонней помощи.

Глаголы *разбудить*, *будить* обозначают процесс завершения сна, связанный с его прерыванием не по воле персонажа.

Глаголы *дремать*, *задремать*, *подремать*, *вздремнуть* обозначают состояние, близкое ко сну, его разные фазы и продолжительность. Значение вхождения в полусонное состояние имеют имена существительные *полусон* и *дремота* в словосочетаниях (впасть в дремоту, оказаться в полусне) или предложении (Дремота охватила, наступила).

Глаголы *храпеть*, *всхрапнуть* имеют значение состояния сна, сопровождаемое определенными звуками, издаваемыми спящим. Это значение имеет и имя существительное *храп* в структуре словосочетания или предложения (издавать храп, послышался храп, наполнился храпом).

4. Характеристика состояния сна и отсутствие сна

Обратим внимание на некоторые текстовые фрагменты, представляющие существование персонажа в пространстве художественного произведения и содержащие информацию о нахождении персонажа в состоянии сна.

Процесс состояния сна входит в перечень явлений, обеспечивающих существование человека, поэтому может быть включен при описании жизни персонажа в ряд других явлений для характеристики бытийного существования. Сон имеет свои фазы, он может сопровождаться другими действиями и звуками, исходящими от человека, персонаж может находиться в неудобном месте, в неудобном положении, спать в разное время суток. Все эти бытийные подробности имеют значение, поскольку любая деталь — это часть целого, необходимая для формирования задуманного писателем и извлекаемого читателем смысла.

Включение состояния сна в состав других процессов бытийного характера происходит путем введения глагола со значением «пребывать в состоянии сна» в ряд однородных членов предложения, выраженных глаголами, или в ряд однородных членов, характеризующих персонажа по разным параметрам и выраженных разными частями речи.

« — *Учишься?* — *спрашивает Павел Васильич, подсаживаясь к столу и зевая.* — *Так, братец ты мой... Погуляли, поспали, блинов покушали, а завтра сухоядение, покаяние и на работу пожалуйте* » (*Накануне поста, Т. VI, с. 82)*. Так объясняет отец сыну Степану особенности существования в связи с религиозным праздником.

«Он не влюблялся, о женитьбе не думал и любил только мать, сестру, няню, садовника Васильича; любил хорошо поесть, поспать после обеда, поговорить о политике и о возвышенных материях...» (Соседи, Т. VIII, с. 55).

Глагол «поспать» включен в ряд однородных членов и распространен предложно-падежным сочетанием с временным значением «после обеда», что характеризует образ жизни помещика Петра Михайлыча Ивашина.

«Он никогда, даже в молодые студенческие годы, не производил впечатления здорового. Всегда он был бледен, худ, подвержен простуде, мало ел, дурно спал» (Палата № 6, Т. VIII, с. 76).

О плохом качестве сна персонажа, Ивана Дмитрича Громова, свидетельствует наречие «дурно», квалифицирующее глагол «спать», наречие «всегда» сообщает читателю о постоянстве в том числе и плохого сна у персонажа, что в результате привело его к серьезной болезни. В «Палате № 6» Рагин «в сумасшедшем Громове нашел для себя первого собеседника» (Скафтымов, 1972, с. 389).

В рассказе «Мечты» бродяга, вспоминая качество своей прошлой жизни, говорит в том числе и о возможности спать в удобном месте, чего нет в его нынешней жизни.

«— Я на кровати спал, каждый день настоящий обед кушал, брюки и полусапожки носил на манер какого дворянчика» (Мечты, Т. V, с. 397).

Обозначение места сна может иметь иронический оттенок, что создается противопоставлением обычного и необычного места сна.

«Седьмой час утра. Кандидат на судебные должности Попиков, исправляющий должность судебного следователя в посаде N., спит

сладким сном человека, получающего разъездные, квартирные и жалованье. Кровати он не успел завести себе, а потому спит на справках о судимости» (Ты и вы, Т. V, с. 237).

Фазы состояния сна тоже находят отражение при характеристике жизни персонажа, как, например, в рассказе «Он и она», где муж так описывает процесс сна с женой и отношения между ними.

«Вместе мы и засыпаем, спим до утра и просыпаемся, чтобы послать к черту друг друга и…» (Он и она, Т. I, с. 244).

Персонажи могут мечтать о сне как благе наряду с другими жизненными потребностями и связывать это с нахождением в привычном пространстве.

« — Дома! — сказал Гришуткин, вылезая из тарантаса и глядя на окна дома, которые светились. — Это хорошо, что дома. И напьемся, и наедимся, и выспимся…» (Perpetuum mobile, Т. II, с. 323).

Нахождение одного персонажа в состоянии сна может быть причиной недовольства другого персонажа. Фрагмент текста, в котором муж с женой в рассказе «Жены артистов» выясняют отношения из-за поведения жены, содержит несколько лексем лексико-тематического поля «сон». На выяснении отношений между супругами в связи с ситуацией сна строится весь рассказ, в котором А. П. Чехов иронично характеризует автора романов (см.: Приложение № 1, пример № 1).

Сон имеет свои этапы, он ограничен определенным временным пределом, поэтому имеет обязательно начало и конец. В описании того, как персонаж входит в сон, А. П. Чехов чаще всего использует глаголы «уснуть», «засыпать», «заснуть», «задремать», словосочетания «лечь спать», «попасть в объятия Морфея», «лечь в постель», «лечь на диван» и др., обращая внимание на разные сопутствующие сну и необходимые для сна явления: место, время, психологическое и физическое состояние персонажа, качество наступившего сна, сопутствующие сну действия персонажа.

Фрагменты текста, в которых описываются разные ситуации и явления, связанные с реальной жизнью персонажа перед началом сна, могут также содержать описание разных процессов мыслительной деятельности персонажа до сна и во время сна.

В рассказе «Перекати-поле» (рассказ ведется от первого лица) персонаж, слушая еврея-выкреста перед сном, не прекращает мыслительную деятельность перед сном («думал», «воображал»), а во время сна воспринимает звуки («слышал»). Содержания сна повествователь не сообщает, речь идет о состоянии сна, но в его сознании смешиваются сон и явь, и то, о чем он говорит («во сне я слышал»), было в реальности и слышалось им сквозь сон. Все: мышление, воображение и нахождение в состоянии сна — выступает как совокупность важных элементов характеристики персонажа.

«Помолчав немного и видя, что я еще не уснул, он стал тихо говорить о том, что скоро, слава богу, ему дадут место, и он наконец будет иметь свой угол, определенное положение, определенную пищу на каждый день... Я же, засыпая, думал, что этот человек никогда не будет иметь ни своего угла, ни определенного положения, ни определенной пищи... Засыпая, я воображал себе, как бы удивились и, быть может, даже обрадовались все эти люди, если бы нашлись разум и язык, которые сумели бы доказать им, что их жизнь так же мало нуждается в оправдании, как и всякая другая.

Во сне я слышал, как за дверями жалобно, точно заливаясь горючими слезами, прозвонил колокольчик и послушник прокричал несколько раз:

— Господи Иисусе Христе сыне божий, помилуй нас! Пожалуйте к обедне!

Когда я проснулся, моего сожителя уже не было в номере» (Перекати-поле, Т. VI, с. 262–263).

Сопутствующих вхождению в состояние сна размышления представлены также в произведениях «Цветы запоздалые» (1882), «Восклицательный знак» (1885), «Открытие» (1885), «Mari d'elle» (1885), «День за городом» (1886), «Мужики» (1895), «Печенег» (1897), «Душечка» (1898), «Дама с собачкой» (1899), «Ионыч» (1898).

В повести « Драма на охоте » А. П. Чехов дважды представляет вхождение в сон, сопровождающееся описанием изменения сознания персонажа (Зиновьева). В одном случае далее следует сновидение (будет проанализировано в главе, посвященной сюжетным сновидениям), в другом глагол «уснуть» в конце текстового фрагмента обозначает завершение вхождения в состояние сна. В затуманенном сознании Зиновьева мелькают образы реальных людей и животных, которых он только что видел в поместье графа. Они представлены рядом однородных членов предложения, звучит реплика попугая, описаны возникшие в сознании персонажа действия Ольги и Тины.

« Голова закружилась, и мир окутался туманом. В тумане промелькнули знакомые образы … Граф, змея, Франц, собаки огненного цвета, девушка в красном, сумасшедший Николай Ефимыч.

— Муж убил свою жену! Ах, как вы глупы!

Девушка в красном погрозила мне пальцем, Тина заслонила мне свет своими черными глазами и … я уснул …» (Драма на охоте, Т. III, с. 287).

Почти такое же состояние у персонажа при вхождении в сон (рассказ ведется от первого лица) описывается в рассказе «Нарвался».

«Бесконечно улыбаясь, потягиваясь и нежась на кровати, как кот на

солнце, я закрыл глаза и принялся засыпать. В закрытых глазах забегали мурашки; в голове завертелся туман, замахали крылья, полетели к небу из головы какие-то меха... с неба поползла в голову вата... Все такое большое, мягкое, пушистое, туманное. В тумане забегали маленькие человечки. Они побегали, покрутились и скрылись за туманом... Когда исчез последний человечек и дело Морфея было уже в шляпе, я вздрогнул» (Нарвался, Т. I, с. 434).

Во фрагменте существительные «мурашки», «туман», «крылья», «меха», «вата», которые махали, вертелись, летели и образовали что-то большое и неясное, создают картину «размягчения» состояния человека перед сном. Но уснуть ему не удалось из-за шума в соседнем номере гостиницы.

В рассказе «На пути» Иловайская, которая вынуждена из-за непогоды остановиться в трактире, знакомится там с едущим к месту новой службы Лихаревым и его дочкой. Они беседуют, Лихарев рассказывает ей о своей тяжелой жизненной ситуации. После разговора с Лихаревым Иловайская заснула. Н. М. Фортунатов, анализируя описание начала сна в рассказе, обращает внимание на «чеховскую архитектонику» (Фортунатов, 1977, с. 208). С. Сендерович обращает внимание на то, что при вхождении Иловайской в состояние сна последовательность ее разнородных впечатлений создает «образ одного момента» (Сендерович, 1994, с. 53). В этом фрагменте в сжатой форме соединены различные ситуации, темы, образы, связанные с предыдущим повествованием.

«Иловайская удивленно вглядывалась в потемки и видела только красное пятно на образе и мелькание печного света на лице Лихарева. Потемки, колокольный звон, рев метели, хромой мальчик, ропщущая Саша, несчастный Лихарев и его речи — все это мешалось, вырастало в одно громадное впечатление, и мир божий казался ей фантастичным, полным чудес и чарующих сил...

Громадное впечатление росло и росло, заволокло собой сознание и обратилось в сладкий сон. Иловайская спала, но видела лампадку и толстый нос, по которому прыгал красный свет» (На пути, Т. V, с. 474).

Вхождение в состояние сна представлено явлениями, возникающими в сознании Иловайской и лингвистически воплощенными в ряде однородных существительных с обобщающим словом. Все образы связаны с реалиями пребывания Иловайской в трактире. При этом в данном фрагменте содержание сновидения Иловайской трудно вычленить, оно, видимо, такое же, как и содержание впечатления до сна. Во сне она продолжает видеть, слышать, а затем плачет от осмысления увиденного и услышанного, то есть состояние сна сопровождается работой сознания.

« И к детскому плачу присоединился мужской. Этот голос человеческого горя среди воя непогоды коснулся слуха девушки такой сладкой, человеческой музыкой, что она не вынесла наслаждения и тоже заплакала. Слышала она потом, как большая черная тень тихо подходила к ней, поднимала с полу упавшую шаль и кутала ее ноги» (На пути, Т. V, с. 475).

В рассказе «Заблудшие» Лаев спит, но все слышит, хотя и не отвечает на вопросы окружающих, что подчеркивает, что он находится в состоянии сна (см. : Приложение № 1, пример № 2).

Таким образом, при вхождении в состояние сна А. П. Чехов обращает внимание на разные аспекты, сопутствующие этому процессу.

Выход из состояния сна персонаж может осуществлять самостоятельно, что представлено следующими лексемами и сочетаниями, которые конкретизируют процесс выхода из сна с разных сторон бытия: «просыпалась», «проснулся», «проснулся в испуге», «проснулась и вскочила в ужасе», «просыпаюсь от жажды», «проснулся и сел в постели», «проснулся рано», «открывает глаза», «вздрогнул, вскрикнул и, как ужаленный, вскочил с постели», «открыть глаза», «встать с постели», а также из-за внешних причин, способствующих выходу из сна: «разбудить», «будить»; глагол сочетается с наименованием производителя процесса, которым может быть человек, совершающий определенные движения по отношению к другому человеку с целью достижения результата. В прозе А. П. Чехова различные звуки, шумы также могут являться причиной выхода персонажа из состояния сна.

А. П. Чехов представил в произведениях существующее также в реальной жизни человека состояние, которое называется бессонницей. Сон физиологически необходим человеку, так как он является источником хорошего настроения, долголетия человека и необходимым условием физического и душевного здоровья. Однако человек в своей жизни сталкивается и с отсутствием сна, что рассматривается в медицине как расстройства сна, как болезненное состояние человека. В толковых словарях бессонница определяется как «*болезненное отсутствие или нарушение ночного сна; постоянное недосыпание*» (БТС, 2004, с. 75); «*болезненное отсутствие сна*» (Ожегов, 2012, с. 45); (Евгеньева, 1985, Т. 1, с. 86).

Состояние бессонницы подробно представлено в повести «Скучная история», которая имеет подзаголовок «Из записок старого человека». Профессор университета Николай Степанович, врач по профессии, постоянно пребывает в размышлениях о своей жизни и, чувствуя, что болен, подводит ей итог. В начале повести он (повествование ведется от первого лица), характеризуя свой нынешний образ жизни, считает, что основное место в ней занимает бессонница, и дает ей описание, обращая внимание на подробности этого состояния, указывая на время, место, свои действия во время бессонницы и ища в своих размышлениях определение этому явлению. Его объяснение вводится в вопросно-ответную структуру несуществующего в реальности диалога, где первая реплика принадлежит потенциальному неперсонифицированному собеседнику.

«Если бы меня спросили: что составляет теперь главную и основную черту твоего существования? Я бы ответил: бессонница. Как и прежде, по привычке, ровно в полночь я раздеваюсь и ложусь в постель. Засыпаю я скоро, но во втором часу просыпаюсь, и с таким чувством как будто бы совсем не спал. Приходится вставать с постели и зажигать лампу. Час или два я хожу из угла в угол по комнате и рассматриваю давно знакомые картины и фотографии. Когда надоедает ходить, сажусь за свой стол. Сижу я неподвижно, ни о чем не думая и не чувствуя никаких желаний; если передо мной лежит книга, то машинально я придвигаю ее к себе и читаю без всякого интереса... Или же я, чтобы занять свое внимание, заставляю себя считать до тысячи... Люблю прислушиваться к звукам...

Не спать ночью — значит, каждую минуту сознавать себя ненормальным, а потому я с нетерпением жду утра и дня, когда я имею право не спать...» (Скучная история, Т. Ⅶ, с. 253–254).

На протяжении всей повести Николай Степанович несколько раз еще описывает бессонницу, объясняет свое поведение, состояние здоровья или свои размышления отсутствием сна ночью: *«Я слушаю, машинально поддакиваю и, вероятно, оттого, что не спал ночь, странные, ненужные мысли овладевают мной»* (Скучная история, Т. Ⅶ, с. 255); *«С тех пор, как я страдаю бессонницей, в моем мозгу гвоздем* сидит вопрос: *дочь моя часто видит, как я, старик, знаменитый человек, мучительно краснею оттого, что должен лакею...*» (Скучная история, Т. VII, с. 256); «*От бессонницы и вследствие напряженной борьбы с возрастающей слабостью, со мной происходит нечто странное*» (Скучная история, Т. VII, с. 264); «*...Мне кажется, что уже ночь и что уже начинается моя проклятая бессонница*» (Скучная история, Т. VII, с. 280); «*С больною совестью, унылый, ленивый, едва двигая членами, точно во мне прибавилась тысяча пудов весу, я ложусь в постель и скоро засыпаю. А потом — бессонница...*» (Скучная история, Т. VII, с. 291); «*Ночью по-прежнему бессонница, но утром я уже не бодрствую и не слушаю жены, а лежу в постели. Я не сплю, а переживаю сонливое состояние, полузабытье, когда знаешь, что не спишь, но видишь сны*» (Скучная история, Т. VII, с. 292); «*Я просыпаюсь после полуночи и вдруг вскакиваю с постели. Мне почему-то кажется, что я сейчас внезапно умру*» (Скучная история, Т. VII, с. 300); «*Время идет медленно, полосы лунного света на подоконнике не меняют своего положения, точно застыли... Рассвет еще не скоро*» (Скучная история, Т. VII, с. 303); «*... Теперь же я могу всю ночь сидеть неподвижно на кровати и совершенно равнодушно думать о том, что завтра будет такая же длинная, бесцветная ночь, и послезавтра*» (Скучная история, Т. VII, с. 305); «*Когда рассветает, я сижу в постели, обняв руками колена, и от нечего делать стараюсь познать самого себя*» (Скучная история, Т. VII, с. 306).

В «Скучной истории» дано подробное описание бессонницы как состояния, которое человек не может считать нормальным: ночь не предоставляет возможности для активной жизни, время тянется бесконечно, вынужденные действия не являются продуктивными и необходимыми человеку. Николай Степанович «страдает» от бессонницы, определяет ее как «проклятую», проводит ночи в раздумьях о прожитой жизни и осознании отсутствия «общей идеи». В повести «Скучная история» показан «экзистенциальный кризис: неудовлетворенность человека своей жизнью, прожитой правильно» (Агапова, 2018, с. 86).

Причина болезненного состояния Коврина в «Черном монахе» связана в том числе и с недостатком отдыха, с бессонными ночами (Шувалов, 1996).

«Он спал так мало, что все удивлялись; если нечаянно уснет днем на полчаса, то уже потом не спит всю ночь и после бессонной ночи, как ни в чем не бывало, чувствует себя бодро и весело» (Черный монах, Т. VIII, с. 232).

В рассказе «Случай из практики» доктор Ковалев ночью не хочет спать и выходит из дома владелицы фабрики Ляликовой, куда он приехал лечить ее дочь Лизу.

«Ему не хотелось спать, было душно и в комнате пахло краской; он надел пальто и вышел» (Случай из практики, Т. X, с. 80).

Кроме нежелания спать, в рассказе дается также объяснение и других причин ухода из дома, а именно: характеристика состояния пространства комнаты, представленной предикативным наречием «душно» (недостаточно свежего воздуха), безличным глаголом «пахло» (наличие запаха) и источником запаха — краски. Таким образом, указаны как внутренние, так и внешние причины состояния бессонницы. Описание нежелания спать ночью является в рассказе вводом во фрагмент текста, который важен для понимания мироощущения персонажа. Ковалев думает о жизни фабричных рабочих, о владелице фабрики, о социальной несправедливости и в результате находит «рецепт» для Лизы, предлагая ей, несмотря на то, что она наследница этого богатства, все бросить и уехать отсюда. Войдя к Лизе в комнату ночью (в тексте есть указание на время — 12 часов, 2 часа), Ковалев расспрашивает Лизу о состоянии здоровья, ведет с ней разговор о жизни, узнает о ее сложном внутреннем отношении к своему положению в доме, о ее одиночестве и пытается подсказать ей выход из сложившейся ситуации. Он ссылается на ее состояние бессонницы, считая это хорошим признаком, и сравнивает два поколения людей по осмыслению жизни, в том числе и по характеристике качества сна.

« — *Вы в положении владелицы фабрики и богатой наследницы недовольны, не верите в свое право и теперь вот не спите, это, конечно, лучше, чем если бы вы были довольны, крепко спали и думали, что все обстоит благополучно. У вас почтенная бессонница; как бы ни было, она хороший признак. В самом деле, у родителей наших был бы немыслим такой разговор, как вот у нас теперь; по ночам они не разговаривали, а крепко спали, мы же, наше поколение, дурно спим, томимся, много говорим и все решаем, правы мы или нет...*» (Случай из практики, Т. X, с. 84).

Наречия «крепко» и «дурно» (в значении «неспокойно») в сочетании с глаголом «спать» характеризуют состояния сна у разных поколений, поколений отцов и детей, и это является в сознании персонажа показателем их разного отношения к определенным социальным явлениям.

В повести «Мужики» представлена трудная и тяжелая жизнь одной крестьянской семьи, которая характеризуется в том числе и плохим качеством сна (см.: Приложение № 1, пример № 3).

Во фрагменте объясняются причины неспокойного сна каждого члена семьи, связанные с болезнью, голодом, психологическим состоянием. Описываемый сон представлен также как беспокойный, поскольку прерывается осознанными и неосознанными («бредили») физическими действиями членов семьи. Наречие «всегда» подчеркивает постоянство такого качества сна членов семьи, а сбившееся в восприятии персонажей время (пять часов, потом три) удлиняет ночное время описываемого сна.

В жизни этой крестьянской семьи велись иногда приятные вечерние разговоры, когда старики вспоминали молодость и прежнюю жизнь у господ, которая намного лучше нынешней. Но эти воспоминания мешали им потом спокойно спать, так как наводили на размышления о сложных вопросах сегодняшней жизни и на размышления о смерти.

«*Ложились спать молча; и старики, потревоженные рассказами, взволнованные, думали о том, как хороша молодость, после которой, какая бы она ни была, остается в воспоминаниях одно только живое, радостное, трогательное, и как страшна, холодна эта смерть, которая не за горами — лучше о ней и не думать! Лампочка потухла. И потемки, и два окошка, резко освещенные луной, и тишина, и скрип колыбели напоминали почему-то только о том, что жизнь уже прошла, что не вернешь ее никак… Вздремнешь, забудешься, и вдруг кто-то трогает за плечо, дует в щеку — и сна нет, тело такое, точно отлежал его, и лезут в голову все мысли о смерти; повернулся на другой бок — о смерти уже забыл, но в голове бродят давние, скучные, нудные мысли о нужде, о кормах, о том, что мука вздорожала, а немного погодя опять вспоминается, что жизнь уже прошла, не вернешь ее…*» (Мужики, Т. IX, с. 300).

Формы глаголов несовершенного вида 2-го лица ед. числа («вздремлешь», «забудешься») позволяют отнести представленные во фрагменте текста состояния, размышления и ощущения не только ко всем членам семьи, но и другим людям, живущим также трудно.

В рассказе «Скука жизни» полковница Анна Михайловна Лебедева, ища, чем заняться после смерти дочери, помогла вылечиться повару, нечаянно облившему себе кипятком ноги, о чем она помнила и ночью и не спала.

«Всю ночь просидела она у постели повара. Когда, благодаря ее стараниям, Мартын перестал стонать и уснул, душу ее, как потом она рассказывала, что-то "осенило"» (Скука жизни, Т. V, с. 164).

Бессонная ночь изменила жизнь Анны Михайловны, она стала, как могла, лечить больных, находя в этом смысл своего одинокого существования.

После переезда к Анне Михайловне давно не жившего в семье мужа ей пришлось оставить лечение больных из-за неприятия мужем ее деятельности и тяжелого характера мужа. Они увлекались чтением, разносолами, старик стал ходить в церковь, но все время помнили о смерти дочери, и их жизнь не изменилась к лучшему, о чем свидетельствует и качество их сна.

«Вечером легли они спать в одной комнате. Старик говорил без умолку и мешал жене спать… Старики уснули поздно, но встали рано. Вообще, после того, как Анна Михайловна оставила лечение, спали они мало и плохо, отчего жизнь казалась им вдвое длиннее…» (Скука жизни, Т. V, с. 175). А. П. Чехов здесь также обращает внимание на удлинение времени жизни при плохом сне у персонажей.

Муж часто долго не мог заснуть ночью, принимая неестественные для сна положения, совершая различные действия. А. П. Чехов обращает внимание на разные физиологические подробности и детали поведения старика в то время, когда он не мог спать: он чешется, ходит, сидит на полу, будит жену, разговаривает с ней и наблюдает в окно за лесом, который, как ему кажется, тоже не спит (см.:

Приложение № 1, пример № 4).

Сон Анны Михайловны не был крепким, поскольку она плохо себя чувствовала из-за переедания, но «мало-помалу привыкла к тяжести и забылась» (Скука жизни, Т. V, с. 177). Глагол «забыться», который в тексте вводит персонажа в состояние сна, означает «впасть в дремотное состояние, заснуть на короткое время» (БТС, 2004, с. 312); прилагательное «чуткий», имеющее значение «тонко воспринимающий что-л. органами чувств» (БТС, 2004, с. 1486), определяет состояние Анны Михайловны во время короткого сна. Пробуждение жены представлено описанием физиологических действий. Разбудил старик жену для того, чтобы поговорить с ней о смысле жизни без детей, но она не отреагировала на его слова и вновь заснула, информация о чем введена в текст существительным «храп», обозначающем сон и сопровождающие его звуки, и прилагательным «легкий», которое указывает на негромкие звуки (см.: Приложение № 1, пример № 5).

Именно ночью, в то время, когда старик не мог заснуть, он впервые завел разговор о трагедии их совместной жизни — смерти дочери — и попытался найти смыл дальнейшей жизни. В конце рассказа старик разбудил жену, чтобы выяснить, есть ли в ее аптеке йод. Состояние Анны Михайловны после вынужденного пробуждения определено прилагательным «сонная», т. е. не совсем проснувшаяся, но сохранившая слуховое восприятие.

«*Долго сонная Анна Михайловна слышала шлепанье босых ног и звяканье склянок. Наконец он вернулся, крякнул и лег. Утром он не проснулся. Просто ли он умер, или же оттого, что ходил в аптеку, Анна Михайловна не знала. Да и не до того ей теперь было, чтобы искать причину этой смерти...*» (Скука жизни, Т. V, с. 178).

Смерть мужа в конце рассказа вводится в текст сначала

отрицательной частицей «не» с глаголом «проснуться» и только затем глаголом «умер». Вся жизнь персонажей в конце рассказа происходит только ночью, в то время, когда необходимо спать, но старик все время не спит, а старуха спит очень чутко и слышит его голос, его рассуждения и по звукам определяет его действия, но активно ни на что не реагирует. К бессонным ночам приводит персонажей отсутствие смысла жизни и невозможность найти его, несмотря на разные попытки, что в конечном итоге заканчивается смертью одного из персонажей. Т. В. Скрипка считает, что персонажи рассказа «Скука жизни» становятся жертвами своего быта и одновременно «искателями истинного бытия», но они не смогли «подняться над бытом, постичь истинное бытие» (Скрипка, 2012, с. 131).

Начало повести «Три года» — это описание всенощной в церкви, из-за чего не спят главные персонажи: Алексей Федорович Лаптев и Юлия Сергеевна. После всенощной происходит их первое общение по дороге в дом к Юлии Сергеевне, отец которой лечил умирающую от рака сестру Лаптева. Болезнь сестры является для безответно влюбленного в Юлию Сергеевну Лаптева только предлогом прийти в дом к ним, так как врач был днем у больной и Лаптев уже интересовался «что делать, чтобы сестра спала по ночам» («Три года», Т. IX, с. 9). Сестра Лаптева понимала, что скоро умрет от неизлечимой болезни.

« — ... Нет, уж когда конец, то не помогут ни доктора, ни старцы.

— Нина, отчего ты по ночам не спишь? — спросил Лаптев, чтобы переменить разговор.

— Да так, не сплю, вот и все. Лежу и думаю» (Три года, Т. IX, с. 12).

Далее в монологической реплике сестра рассказывает о своей

основной обиде — изменах мужа. Лаптев ушел от сестры в полночь, обратив внимание на то, что в столовой прислуга и дети сестры не спали, несмотря на позднее время. Причиной были разные неприятные приметы (разбилось зеркало в прихожей, гудел самовар, на ботинки Нины Федоровны вскочила мышь), свидетельствующие о приближающейся трагедии — смерти госпожи и матери.

Свое волнение по поводу неразделенной любви Лаптев подробно описывает в письме к одному из друзей в Москве, после чего он не может заснуть.

« *Кончив письмо, Лаптев лег в постель. От усталости сами закрывались глаза, но почему-то не спалось; казалось, что мешает уличный шум. Стадо прогнали мимо и играли на рожке, потом вскоре зазвонили к ранней обедне. То телега проедет со скрипом, то раздастся голос какой-нибудь бабы, идущей на рынок. И воробьи чирикали все время* » (Три года, Т. IX, с. 16–17).

Все перечисленные разнообразные процессы, сопровождающиеся соответствующими звуками, были только кажущимися, реальная причина — сложное внутреннее психологическое состояние Лаптева из-за безответной любви, что понятно из текста письма. Но после того, как он решился сделать предложение Юлии Сергеевне и получил отказ, его охватило новое чувство — безразличие ко всему произошедшему, которое привело к физической слабости и в этот раз к крепкому сну.

« *Ему уж было все равно, он ничего не хотел и мог холодно рассуждать, но в лице, особенно под глазами, была какая-то тяжесть, лоб напрягался, как резина, — вот-вот брызнут слезы. Чувствуя во всем теле слабость, он лег и минут через пять крепко уснул* » (Три года, Т. IX, с. 20).

После объяснения с Лаптевым Юлия Сергеевна ночью не спала,

гадала на картах, молилась, прося помощи у бога, и размышляла о возникшей возможности переменить свою жизнь, то есть выйти замуж без любви и уехать в Москву. Затем, встретясь в доме сестры, они вновь объяснялись, и каждый говорил о том, как он провел ночь после предложения Лаптева (см.: приложение № 1, пример № 6).

Оба персонажа провели ночь по-разному, но крепкий сон Лаптева не меняет его внутреннего сложного состояния, и он вновь объясняется в любви. Юлия Сергеевна согласилась стать женой Лаптева, после чего Лаптев вновь волновался и на этот раз уже не мог спать ночами.

«Он уже не спал по целым ночам и все думал о том, как он после свадьбы встретится в Москве с госпожой, которую в своих письмах к друзьям называл «особой», и как его отец и брат, люди тяжелые, отнесутся к его женитьбе и к Юлии» (Три года, Т. IX, с. 29–30).

Брак не принес счастья ни Лаптеву, ни Юлии Сергеевне. Одно из самых сложных объяснений, на которое решается Лаптев после неприятной реплики жены в его адрес в присутствии брата и друзей, происходит между ними ночью.

«Вернулся Лаптев домой в четвертом часу. Юлия Сергеевна была уже в постели. Заметив, что она не спит, он подошел к ней и сказал резко:

— Я понимаю ваше отвращение, вашу ненависть, но вы могли бы пощадить меня при посторонних, могли бы скрыть свое чувство.

Она села на постели, спустив ноги. При свете лампадки глаза у нее казались большими, черными.

— Я прошу извинения, — проговорила она» (Три года, Т. IX, с. 59).

Непростые семейные обстоятельства: смерть дочери, болезнь брата и отца сгладили их отношения. Лаптев стал более внимателен к Юлии Сергеевне. Во время болезни *«он клал ей на лоб компрессы, согревал ей руки, поил чаем, а она жалась к нему в страхе. К утру она утомилась и уснула, а Лаптев сидел возле и держал ее за руку. Так ему и не удалось уснуть. Целый день он потом чувствовал себя разбитым, тупым, ни о чем не думал и вяло бродил по комнатам»* (Три года, Т. IX, с. 83).

Лаптев один раз признается Юлии Сергеевне в своем счастье, которое связано с ночью, и он в это время не спал (см.: Приложение № 1, пример № 7).

В конце повести Лаптев, помогая отцу и занимаясь нелюбимым делом, размышляет о том, почему он все это не бросает, и приходит к выводу, что это из-за привычки к неволе, к рабскому состоянию. Это осмысление своего зависимого существования приходит к нему ночью (см.: Приложение № 1, пример № 8).

В повести «Три года» главные персонажи принимают важные решения в своей жизни, рассуждают о сложных взаимоотношениях, ощущают себя счастливыми, осмысляют жизнь в ночное время, время, предназначенное для сна, но в которое они не спят и все внутренние силы направляют на решение и осмысление разных сложнейших вопросов бытия: счастья, любви, взаимопонимания, жалости, зависимости от обстоятельств, неволи, смерти.

В юмористическом рассказе «Блины», описывая тайну приготовления женщинами блинов, писатель обращает внимание на то, что после приготовления теста и установки его в теплое место, женщины не могут спать спокойно, поскольку боятся пропустить времени своевременного подхода теста.

«За сим следует беспокойная, томительная ночь. Обе, кухарка и барыня, страдают бессонницей, если же спят, то бредят и видят ужасные сны... Как вы, мужчины, счастливы, что не печете блинов!» (Блины, Т. IV, с. 362).

Тревожное состояние женщин представлено качественными прилагательными, определяющими лексему «ночь», словосочетанием глагола «страдают» с существительным «бессонница», глаголом «бредят» и качественным прилагательным «ужасные» (страшные, вызывающие ужас), определяющим лексему «сны». Писатель по-доброму высмеивает сам процесс приготовления блинов, который включает в себя беспокойную ночь, и отношение к этому процессу женщин.

Рассказ «Нарвался», ведущийся от 1-го лица, начинается с внутренней речи персонажа, служителя банка, который еще на рабочем месте мечтает о том, чтобы выспаться, поскольку этого требует его организм.

«Спать хочется! — думал я, сидя в банке. — Приду домой и завалюсь спать».

— Какое блаженство! — шептал я, наскоро пообедав и стоя перед своей кроватью. — Хорошо жить на этом свете! Важно!» (Нарвался, Т. I, с. 434).

Желание спать представлено сочетанием модального глагола «хотеть» с глаголом «спать» и разговорным образным выражением «завалюсь спать» (т. е. лечь спать надолго). Восприятие приближающейся возможности поспать представлено далее словами персонажа как качество жизни. Однако персонаж не смог заснуть из-за постоянного шума в соседнем номере, где собралась компания неизвестных ему людей. Попытки заснуть ни к чему не привели, просьбы к соседям вести себя потише оказались бесполезными.

«Я ворочался на кровати. Мысль, что я не сплю по милости праздных гуляк, приводила меня мало-помалу в ярость ... Поднялась пляска...» (Нарвался, Т. I, с. 435).

Не выдержав, персонаж ворвался в соседнюю комнату, но желание ругаться и спать тут же пропало, так как одним из гуляк был директор банка, в котором служил персонаж.

«*Мигом слетели с меня и сон, и злость, и фанаберия…*» (Нарвался, Т. I, с. 436).

Наречие «мигом» и устойчивое словосочетание «слетел сон» дают представление о мгновенной реакции персонажа, все желания которого пропадают при виде начальства. Через месяц его уволили. Весь рассказ построен на описании желания персонажа спать, невозможности спать по причине шума, описании физических действий персонажа в связи с попытками заснуть несмотря на шум («повернулся на другой бок», «укрыл голову одеялом», «спрятал голову под подушку», «опять закрыл глаза», «ворочался на кровати»), представлении реплик персонажа, обращенных к соседям, с объяснением желания спать по причине болезни и просьбой поэтому им вести себя соответствующим образом. Завершение истории с желанием спать, невозможностью спать и требованием создать для этого условия свидетельствует о разных человеческих взаимоотношениях и иерархии служебных отношений. Естественное человеческое желание спать лишает человека работы.

В рассказе «Темпераменты» при характеристике людей по типам темпераментов А. П. Чехов представляет их также по разному поведению в ночное время, в связи с чем даются советы находящимся с ними рядом людям.

«*Сангвиник. Спать в одной комнате с сангвиником не рекомендуется: всю ночь анекдоты рассказывает, а за неимением анекдотов, ближних осуждает или врет*» (Темпераменты, Т. I, с. 80); «*Холерик. В одной комнате спать с ним не советую: всю ночь кашляет, харкает и громко бранит блох*» (Темпераменты, Т. I, с. 81); «*Меланхолик. Вздыхает день и ночь, поэтому спать с ним в одной комнате не советую»* (Темпераменты, Т. I, с. 83).

Подобного совета не дается только по поводу флегматика, поскольку указывается, что он «*спит 20 часов в сутки*» (Темпераменты, Т. I, с. 81). Люди трех типов темперамента противопоставлены флегматику по их поведению ночью, они не спят или плохо спят, что также может помешать спать другим.

В рассказе «За двумя зайцами погонишься, ни одного не поймаешь» майор Щелколобов, случайно услышав, как плохо характеризовала его жена приехавшему к ним кузену, был очень расстроен.

«*Такое отношение жены поразило, возмутило и привело в сильнейшее негодование майора. Он не спал целую ночь и целое утро*» (За двумя зайцами погонишься, ни одного не поймаешь, Т. I, с. 19).

Время, проведенное персонажем без сна, представлено сочетанием лексем «ночь» и «утро», каждое из которых имеет определение «целый», что подчеркивает длительность проведенного без сна времени и остроту переживаний персонажа.

Для представления отсутствия сна употребляются не только слово «бессонница», но и «не спиться», «не до спанья», «бессонный», «не дает спать», «спать не хочется» и т. д. Причины отсутствия сна у персонажей разнообразны, но в основном это как внутренние переживания, связанные с реалиями собственной жизни.

Лексема «сон» (имя существительное) может входить в словосочетания с именами прилагательными разных лексико-грамматических разрядов (тип связи — «согласование») и с глаголами, образуя с ними в косвенных падежах связь «управление». В именительном падеже, будучи подлежащим в предложении, лексема «сон» координируется с глаголами и именами прилагательными. Определения, выраженные в основном относительными именами прилагательными, могут представлять сон персонажей как реальное бытийное явление, характеризующееся с точки зрения времени суток, длительности, прерывности, информируя о сне как одном из фактов повседневного течения жизни. Качественные имена прилагательные, которые чаще образуют словосочетания с лексемой « сон », дают возможность представить эмоциональное состояние персонажа во время сна. Спектр внутренних переживаний находящихся во сне персонажей довольно разнообразен. Контекстный анализ позволяет представить причину употребления того или иного определения и объяснить связь фрагментов мира между собой в воспринимающем сознании персонажа и читателя.

В сочетании с именительным и предложным падежами лексема «сон» имеет значение «сновидение», во время которого может не прекращаться мыслительная деятельность персонажа, на что указывают некоторые глаголы. Сон как естественное состояние персонажа, необходимое ему для существования, может обозначаться лексемами разных частей речи, в основном глаголами и именами существительными, и обозначать сам процесс нахождения в состоянии сна (глагол « спать »), его фазы, временную протяженность, включать сопровождающие состояние сна сопутствующие процессы. Необходимость нахождения в состоянии сна как потребность входит в ряд других бытийных процессов, на которые персонажи обращают внимание («спать», «есть», «пить», «гулять» и др.). Состояние сна, обозначенное глаголом « спать » и другими глаголами лексико-тематической группы, может характеризоваться качественными наречиями, позволяющими представить специфику сна и влияние сна на существование персонажа в реальной действительности.

В произведениях А. П. Чехова обращается внимание, например, на несвоевременность сна одного из персонажей, что может вызывать недовольство другого персонажа и быть причиной разрушения их отношений; на такую деталь, как обычность и необычность места для сна; на время сна, что характеризует особенности повседневной жизни в прошлом и настоящем существовании персонажа.

В состоянии сна персонажи не всегда освобождены от других процессов, что представлено глаголами «видеть», «слышать», «думать» и др. Вхождение в состояние сна может быть представлено фрагментом текста, в котором описываются особенности постепенного изменения сознания персонажа перед сном, что оформлено рядом однородных членов предложения, обозначающих перечень чередующихся различных явлений и субстанций.

В произведениях А. П. Чехова находит отражение и такое реальное явление в жизни персонажей, как отсутствие сна. Ночью, в обычное для состояния сна время, персонажи, как правило, переживают сложнейшие жизненные ситуации, пытаются найти выход из сложившегося положения, размышляют о смысле жизни, о прошлом, настоящем и будущем. Отсутствие сна, кроме временного показателя, обозначено в основном глаголом «спать» с отрицанием и существительным «бессонница». В книге были проанализированы особенности представления состояния сна персонажей в прозаических произведениях как факта реального существования персонажей. Лексема «сон» в прозе А. П. Чехова участвует в формировании фрагментов текста, описывающих то, что видит персонаж во время сна, в формировании сновидений, в которых нет событий.

Часть 3

Типология сновидений
в прозе А. П. Чехова.
Бессюжетные сновидения:
реальность и ирреальность

1. Сновидения, отражающие взаимоотношения персонажей

Сновидения персонажей в прозаических произведениях А. П. Чехова могут быть представлены перечнем предметов, субстанций, выраженных именами существительными или словосочетаниями с именами существительными. Они включены во фрагменты текста, описывающие сновидения не как событийный ряд, не как развивающаяся сюжетная линия (см.: приложение № 2). Под сюжетом в литературоведении понимается «система событий, составляющая содержание действия литературного произведения» (Словарь литературоведческих терминов, 1974, с. 393).

В «Литературном энциклопедическом словаре» сюжет — это «развитие действия, ход событий в повествовательных и драматических произведениях, иногда в лирических» (Литературный энциклопедический словарь, 1987, с. 431). Сюжет может иметь отдельный фрагмент текста целого произведения, в том числе фрагменты, в которых представлены сновидения. Во фрагментах текста, в которых описаны бессюжетные сновидения, нет сюжетного развития, в них представлено то, что снилось персонажу в качестве объекта или ряда объектов. В перечне предметов и субстанций сна могут быть обозначены не только конкретные лица, предметы, явления, но и названы определенные процессы. Наименования объектов сновидения могут встречаться в авторском речевом плане и в персонажном речевом плане.

Сновидения, представляющие взаимоотношения персонажей, чаще всего связаны с различными эмоциональными отношениями персонажа, который спит, с другими персонажами. Персонажам, испытывающим состояние влюбленности (иногда безответно), снятся объекты их любви. В повести «Цветы запоздалые» Маруся какое-то время продолжает жить только потому, что ей снится доктор Топорков, в которого она влюблена. В приведенном ниже фрагменте текста А. П. Чехов, описывая жизнь Маруси, вводит две лексемы: сон, характеризуя все отрицательные события ее реальной жизни, и сновидение, в котором есть только доктор Топорков.

«На щеках исчез здоровый румянец, губы разучились складываться в улыбку, мозги отказались мечтать о будущем — задурила Маруся! Ей казалось, что с Топорковым погибла для нее и цель ее жизни. На что ей теперь жизнь, если на ее долю остались одни только глупцы, тунеядцы, кутилы! Она захандрила. Ничего не замечая, не обращая ни на что внимания, ни к чему не прислушиваясь, затянула она скучную, бесцветную жизнь, на которую так способны наши девы, старые и молодые... Она не замечала женихов, которых у нее было много, родных, знакомых. На плохие обстоятельства глядела она равнодушно, с апатией. Не заметила она даже, как банк продал дом князей Приклонских, со всем его историческим, родным для нее скарбом, и как ей пришлось перебраться на новую квартиру, скромную, дешевую в мещанском вкусе. Это был длинный, тяжелый сон, не лишенный все-таки сновидений. Снился ей Топорков во всех своих видах: в санях, в шубе, без шубы, сидящий, важно шагающий. Вся жизнь заключалась во сне.

Но грянул гром — и слетел сон с голубых глаз с льняными ресницами ... Княгиня-мать, не сумевшая перенести разорения, заболела на новой *квартире и умерла, не оставив своим детям ничего, кроме благословения и нескольких платьев. Ее смерть была страшным несчастьем для княжны. Сон слетел для того, чтобы уступить свое место печали»* (Цветы запоздалые, Т. I , с. 417).

Существительное «сон» на протяжении данного отрывка меняет свое значение. При первом употреблении имя получает метафорическое значение, характеризуя образ жизни Маруси, ее духовное и физическое существование, которое наполнено скукой, равнодушием и апатией. «Бесцветная» и какая-то тянущаяся («затянула она скучную, бесцветную») жизнь выглядит в образе сна, при этом негативная характеристика сна ложится на определения-прилагательные «длинный, тяжелый». «Сон» Маруси получает также семантические признаки «отсутствие жизни», «неживой», которые вносят в описание жизненного состояния героини ее представления о гибели цели жизни и утраты желания жить: («погибла для нее и цель ее жизни. На что ей теперь жизнь...»). Такому сну противопоставлены «сновидения». Лексема «сновидения» получает положительный смысл, который выражает, во-первых, сама конструкция — конструкция с частицей «все-таки», а во-вторых, содержание сновидения. Марусе снится человек, в котором для нее заключается смысл жизни. Затем, после описания конкретных картин, следует фраза: «Вся жизнь заключалась во сне». Очевидно, здесь лексема «сон» получает значение, отличное от его первого употребления: это уже не метафора негативного состояния, а синоним лексемы «сновидения». Имя «сон» соответственно получает положительный, позитивный смысл, включающий семы «жизнь», «живой». Не совсем понятно, соотносятся ли лексемы «сновидения» и «сон» (во втором употреблении) непосредственно с моментами физического сна Маруси, или же имеется в виду постоянное состояние внутреннего видения тех картин, которые дают героине ощущение жизни. Но, по-видимому, фраза «вся жизнь заключалась во сне» выражает чувства и оценки автора, связанные с сожалением о том, что жизнь сводится ко сну (т. е. к сновидениям).

Повторяющееся в третий и четвертый раз слово «сон», которое входит в устойчивое сочетание с глаголом «слететь», сохраняет значение «сновидения». Устойчивое сочетание обозначает внезапный, быстрый переход в другую реальность, а кроме того, метафорический глагол, вносящий сему «легкость», добавляет в сновидения Маруси явную поэтичность. Это поддерживается также контекстом — описанием глаз как метонимической детали, соотносящейся с состоянием сна. Легкости и поэтичности сна соответствуют эпитеты «голубой», «льняной», существительные «глаза», «ресницы». Поэтичность сновидениям придают не картины сами по себе — доктор Топорков во всех своих обычных видах (это соответствует реальности, реальному образу Топоркова), а взгляд самой Маруси. Только ее взгляд способен овеять образ доктора «в шубе», или «без шубы», или «важно шагающего» чем-то легким и поэтичным. Подобного противопоставления лексем «сон» и «сновидение» в произведениях А. П. Чехова больше нет.

В «Ариадне» Шамохину снится Ариадна, в которую он влюблен, но Шамохин не находит ответного чувства, и это желание быть любимым и неудовлетворенность в любви, отражающие его сложное внутреннее состояние, представлены и в его снах. Шамохин, рассказывая об этой ситуации в своей жизни, описывает свое состояние, включая и сообщение о появлении Ариадны в его снах. Множественность снов, в которых субъектом является Ариадна, становится понятной читателю из словосочетания глагола несовершенного вида с временным квалификатором «снилась каждую ночь», где есть указание на постоянную последовательность наступления этого процесса, что подчеркивает психологическое состояние персонажа. «*Потом дня через два другое письмо в том же роде и подпись: " забытая вами". У меня мутилось в голове. Любил я ее страстно, снилась она мне каждую ночь...*» (Ариадна, Т. IX, с. 118). Зарождающееся глубокое чувство Мисаила к Марии Викторовне в повести «Моя жизнь» настолько овладевало им, что он видел во сне себя вместе с ней (см.: Приложение № 1, пример № 9).

Сильные чувства испытывает героиня рассказа «Душечка» Оленька Племянникова ко всем своим мужьям. После смерти первого мужа она полюбила Пустовалова и полюбила то дело, которым он занимался. Ее любовь к мужу и к делу были настолько важны для нее, что эти отношения находили отражение в снах Оленьки. Из-за чувства, вспыхнувшего у Оленьки к Пустовалову, она сначала всю ночь не спала из-за переживаний, а затем, выйдя замуж, из-за этого же чувства спала и видела сны, где громоздились горы досок и бревен, представляющие мир Пустовалова и Оленьки, который был им обоим так дорог. Глубокие знания Оленьки о деле представлены во фрагменте текста, где, в том числе и во сне, есть имена существительные, являющиеся профессиональными терминологическими наименованиями разных видов срубленного леса, которым они с мужем торговали. «*Ей казалось, что она торгует лесом уже давно-давно, что в жизни самое важное и нужное это лес, и что-то родное, трогательное слышалось ей в словах: балка, кругляк, тес, шелевка, безымянка, решетник, лафет, горбыль... По ночам, когда она спала, ей снились целые горы досок и теса, длинные, бесконечные вереницы подвод, везущих лес куда-то далеко за город; снилось ей, как целый полк двенадцатиаршинных, пятивершковых бревен стойма шел войной на лесной склад, как бревна, балки и горбыли стукались, издавая гулкий звук сухого дерева, все падало и опять вставало, громоздясь друг на друга...»* (Душечка, Т. X, с. 106). Маттиас Фрайзе считает, что в этом сновидении представлен «досочно-балочный ночной кошмар», и издающийся досками « гулкий звук сухого дерева » в контексте произведения связан со звуком в ворота, который предвещает смерть любимого Оленькой человека (Фрайзе, 2012, с. 249). Таким образом, сновидение можно рассматривать не только как фрагмент, представляющий внутреннее эмоциональное состояние персонажа, возникающее от любви к делу мужа, но и как проекцию будущего несчастья.

После смерти второго мужа, Пустовалова, Оленька ощущала полное одиночество, что нашло отражение и в сновидении. *« Глядела она безучастно на свой пустой двор, ни о чем не думала, ничего не хотела, а потом, когда наступала ночь, шла спать и видела во сне свой пустой двор»* (Душечка, Т. X, с. 109). Пространство жизни персонажа (лексема «двор») опустело и во сне, что подчеркивает бессмысленность существования персонажа. Это находит подтверждение далее в тексте при характеристике внутреннего состояния персонажа: отвлеченное существительное « пустота », определяющее состояние Оленьки сравнивается с пустым двором, который видела Оленька не только в реальности, но и во сне (Кожевникова, 1988, с. 57).

В рассказе «Вор» Федор Степаныч вспоминает прошлые отношения с любимой женщиной Олей, которой он обеспечивал роскошную жизнь, что стало причиной его краж, судимости и ссылки в Сибирь. Отрицательное отношение к Оле в своих воспоминаниях в Сибири выражается в его предположении содержания ее сна. Федор Степаныч понимает, что Оля забыла его, он ей уже не нужен, и она не видит его даже во сне, обобщая таким образом отношение к жизни определенного типа женщин. «*Вспомнил он, разумеется, и Олю с ее кошачьей, плаксивой, хорошенькой рожицей. Теперь она спит, должно быть, и не снится он ей. Эти женщины скоро утешаются*» (Вор, Т. II, с. 108).

В рассказе «Мои жены», наоборот, персонаж настолько уверен в любви к нему его первой жены, что только он и составляет содержание ее снов, в чем прочитывается ироническое отношение к персонажам (см.: Приложение № 1, пример № 10).

В рассказе «Аптекарша» двое офицеров заходят ночью в аптеку, потому что хотят пообщаться с понравившейся им женой аптекаря. Аптекарь спит, и они беспокоятся о том, чтобы он не проснулся и не помешал им общаться с аптекаршей. Они убеждают жену аптекаря в том, что именно она ему снится, поэтому нельзя его тревожить (см.: Приложение № 1, пример № 11).

Эмоциональные отношения одного персонажа к другому могут находить отражение в снах одного из персонажей и представлять таким образом внутреннее психологическое состояние этого персонажа. Любовные отношения всегда сопровождаются чувствами привязанности, влечения людей, но они не всегда взаимны. В снах персонажи видят или хотят видеть, как правило, тех людей, которые им дороги, или те предметы и явления, которые напоминают им о любимом человеке. Сны могут повторяться, что подчеркивает степень напряжения в отношениях персонажей. Сон может противопоставляться другим ощущениям присутствия любимого человека. В снах может быть определено реальное отношение к человеку.

В эпизодах произведений А. П. Чехова, связанных со сном и сновидением персонажа, важное значение имеет то, какую семантическую роль получает объект сна. Он может соотноситься с агенсом и пациенсом, что соответственно выражается с помощью конструкций «видеть во сне» и «сниться». Конструкции обозначают одно и то же явление, однако называют его по-разному. Проиллюстрируем принципиальную важность для А. П. Чехова выражения явления сновидения разными языковыми средствами.

Обратимся к рассказу «Попрыгунья». Ольга Ивановна представлена в рассказе как очень деятельный человек, она инициативна, интересуется разными областями искусства и пытается сама включиться в творческий процесс, что представлено глаголами «играла», «пела», «лепила», «плясала». В начале рассказа во фрагменте текста, в котором описана ежедневная беззаботная жизнь Ольги Ивановны и ее любовь к богемной жизни, включена также информация о снах Ольги Ивановны. Те люди, которые ей нравились в жизни и составляли ее суть, постоянно были в ее снах; при этом А. П. Чехов не называет этих людей конкретно, они безымянны, но, что важно для персонажа, известны в городе, знамениты. Временной квалификатор «каждую ночь», выраженный словосочетанием существительного «ночь» со значением времени суток, обычного для сна, и местоимения-прилагательного «каждый», имеющим значение «без пропусков», характеризует постоянство сновидений Ольги Ивановны. Словосочетание «видела их во сне» указывает на объект сна, выраженный винительным падежом местоимения-существительного при переходном глаголе несовершенного вида «видеть», и на состояние персонажа, в котором персонаж находился во время «видения» знаменитых людей. Неагентивность объектов сна персонажа соответствует их пассивной роли в отношениях с Ольгой Ивановной: она сама искала их. Любовь Ольги Ивановны к знаменитостям настолько сильно и полностью захватывает ее в реальной жизни, что время сна также заполнено этими людьми. «*Всякое новое знакомство было для нее сущим праздником. Она боготворила*

знаменитых людей, гордилась ими и каждую ночь видела их во сне»
(Попрыгунья, Т. Ⅷ, с. 10).

В третьей части рассказа при описании жизни героини в то время,
когда она еще не изменяла мужу, есть признание Ольги Ивановны
Дымову в том, что она всю ночь видела его во сне. Однако Дымов в
пространстве сновидений Ольги Ивановны выполняет роль агенса. *«Ты
мне всю, всю ночь снился, и я боялась, как бы ты не заболел»*
(Попрыгунья, Т. Ⅷ, с. 10). Она боялась, что такой сон мог
предсказать болезнь Дымова, в связи с чем тогда бы он не смог приехать
к ней на дачу. Но нужен Дымов был Ольге Ивановне только для того,
чтобы тут же отправить его назад в город (без отдыха и без еды, о чем
он так мечтал) за ее нарядами. Она была рада, что ее предположение о
том, что она видела мужа во сне к его болезни, не сбылось.

В конце рассказа Ольга Ивановна, ожидая в спальне, чем
закончится болезнь мужа, видит сон, напоминающий читателю о ее
прошлом сильном влечении к художнику Рябовскому, когда она ездила
с ним по Волге на корабле во время дождя. Этот сон напоминает
читателю об измене Ольги Ивановны мужу. Примечательно, что в
данном контексте предмет сновидения выполняет роль агенса. *«Пробили
внизу часы, приснился дождь на Волге, и опять кто-то вошел в спальню,
кажется, посторонний»* (Попрыгунья, Т. Ⅷ, с. 29). Внутреннее
эмоциональное состояние Ольги Ивановны в связи с разными
жизненными ситуациями находит отражение в сновидениях, которые
являются частью психологического портрета персонажа. Важная
семантическая нагрузка на конструкцию с глаголом «сниться» видна
также в рассказе «Дама с собачкой».

После возвращения из Ялты Гуров, осмысляя свои предыдущие
отношения с женщинами, понимает, что его новый роман

воспринимается им совсем по-другому. Он ощущает постоянное присутствие Анны Сергеевны. Это отношение представлено противопоставлением содержания возможного сновидения, в котором должна бы появиться Анна Сергеевна, другому явлению в восприятии Гурова: его внутреннему ощущению постоянного нахождения Анны Сергеевны рядом с ним. После прежних любовных отношений Гуров видел сны, где объектом сновидения были женщины, с которыми у него были романы. Характерно при этом, что женщины в снах Гурова получают семантическую роль агенса (БЭС. Языкознание, 2000, с. 17), что выражается обычной конструкцией с глаголом «сниться». Это косвенно показывает отношение Гурова к объектам своей короткой любви: он совершенно отстраняется от них, изгоняет из жизни, а они таким образом, только в его снах «заявляют» о себе, о своем присутствии в жизни Гурова. В случае с Анной Сергеевной, как полагает герой А. П. Чехова, ей будет отводиться та же роль временного и исключительно эфемерного, неосязаемого присутствия.

«Пройдет какой-нибудь месяц, и Анна Сергеевна, казалось ему, покроется в памяти туманом и только изредка будет сниться с трогательной улыбкой, как снились другие» (Дама с собачкой, Т. X, с. 136). Однако Анна Сергеевна выглядит намного активнее, и присутствие ее в жизни Гурова представлено не в сновидениях, а в его ощущениях, выраженных глаголами со значением движения («идти») и наблюдения («следить»). *«Но прошло больше месяца, наступила глубокая зима, а в памяти все было ясно, точно расстался он с Анной Сергеевной вчера... Анна Сергеевна не снилась ему, а шла за ним повсюду, как тень, и следила за ним»* (Дама с собачкой, Т. X, с. 136).

Из этого контекста хорошо видна обычная для Гурова роль инициатора расставаний («расстался он») и ослабление образов женщин в его памяти, что выражается посредством метафорического образа тумана. Характерно, что в этом процессе «отуманивания» в памяти женщина представляется как субъект действия. Очевидно, что на фоне такого «отуманивания» только сон стирает неясность, и героини сновидений предстают с «трогательной улыбкой» — эта деталь показывает «приближение» их в памяти, «выход» из обычного тумана. Сон позволяет женщинам обозначить свое присутствие, крайне неощутимо, но все же «прикоснуться» к герою (улыбка «трогательная»), найти отклик в его сознании. Анна Сергеевна ведет себя в обычной истории расставания совсем не так. Память Гурова не стирает ничего, все это не зависит от сознания героя, что выражает безличная конструкция («в памяти все было ясно»). Поэтому образ Анны Сергеевны сохраняет четкие очертания, что показывает сравнение с тенью. Соответственно для Анны Сергеевны невозможны и максимальные явления в виде снов. Антитеза «не снилась…, а шла … и следила» выражает исключительно активную роль в жизни Гурова, не ограничивающуюся эфемерностью сна. Все это показывает другое, особое эмоциональное восприятие Гуровым отношений с Анной Сергеевной по сравнению с его отношениями с прежними женщинами. Его новое чувство к Анне Сергеевне настолько реально и настолько другое, что оно эмоционально не находило отражение в сновидении. В. И. Тюпа обращает внимание на то, что в конце первой главы рассказа после встречи с Анной Сергеевной Гуров, думая, что в его новой знакомой есть «что-то жалкое», спокойно заснул, и лишь в третьей главе представлено подлинное сближение, когда Анна Сергеевна уже «не снилась ему», нарушив его прежние ощущения и впечатления (Тюпа, 1989, с. 40 – 42). Л. Г. Барлас делает вывод о том, что осмысление Гуровым его нового чувства приводит Гурова к переоценке своего «отношения к тому общественному кругу, к которому он принадлежал» (Барлас, 1996, с. 40).

В одном из ранних рассказов Чехова — «Козел или негодяй?» — создается комическая ситуация, которая подтверждает активность персонажа, который во сне другого персонажа получает роль агенса. В этом юмористическом рассказе старый князь, привыкший волочиться за женщинами, видя в гостиной спящую после обеда молоденькую девушку, нечаянно будит ее, целуя ей руку. Но он убеждает девушку, что она не проснулась, что она продолжает спать, что он сам, стоящий перед ней, только сон, в результате чего получает искреннюю оценку и себя, и других снящихся девушке людей;

« — Ну да, вы спите, — лепечет князь. — Вы и теперь спите, а я вам снюсь... Вы это во сне меня видите... Спите, спите... Я только снюсь вам...

Девушка верит и закрывает глаза.

— Как я несчастна! — шепчет она, засыпая. — Вечно мне снятся то козлы, то негодяй!» (Козел или негодяй? Т. II, с. 160).

В «Учителе словесности» Никитин, влюбленный в Манюсю Шелестову и получивший от нее согласие стать его женой, видит во сне то, что он видел в то время, когда они вместе были на конной прогулке. Начало рассказа, где дается описание лошадей, и сон Никитина по содержанию одинаковы. Эмоциональное состояние Никитина во время сновидения представлено словосочетанием «утомленный счастьем» и глаголом «улыбаться».

«И утомленный своим счастьем, он тотчас же уснул и улыбался до самого утра. Снился ему стук лошадиных копыт о бревенчатый пол; снилось, как из конюшни вывели сначала вороного Графа Нулина, потом белого великана, потом сестру его Майку...» (Учитель словесности, Т.

VIII, с. 324).

Таким образом, в сновидениях находят отражение глубокие внутренние чувства персонажей, связанные с личными взаимоотношениями, которые позволяют раскрыть эмоциональное состояние персонажей.

2. Сновидения с конкретно-предметным и процессуальным содержанием

В прозаических произведениях А. П. Чехова персонажи могут пересказывать свои сновидения, сообщать другим персонажам о том, что они видели в сновидении. В пересказе может быть сжато представлено содержание сна, например, в виде перечня предметов, которые видели персонажи во сне и которые были в их прошлой реальной жизни или связаны с ней в настоящее время. В изложенном другому персонажу содержании сновидения могут быть названы не только предметы, но и обозначены процессы, при этом они не развернуты в сюжетную линию.

В повести «Черный монах» Таня, рассказывая Андрею о своей жизни и определяя ее как скучную и однообразную, включает в эту характеристику содержание снов, которое состоит из наименований плодовых деревьев, растущих в их саду. Таня, рассказывая о своих снах, обращает внимание и на постоянство содержания снов (см.: Приложение № 1, пример № 12).

В начале повести «Палата № 6» в одной из бесед доктора Рагина с почтмейстером Михаилом Аверьянычем, когда они еще находятся в приятельских отношениях и вместе выпивают, Андрей Ефимыч Рагин заводит разговор о том, что его огорчает уровень развития интеллигенции, что в их городе нет людей, которые могли бы вести и поддерживать умные и интересные беседы. Михаил Аверьяныч соглашается и приводит свои соображения по этому поводу, но Рагин его не слушает, он продолжает думать о чем-то своем и неожиданно для собеседника рассказывает о своих снах, в которых восполняются пробелы в общении с умными людьми. В реплике Рагина обозначены только неперсонифицированные субъекты общения, их качественный признак — «умные люди» — и процесс общения (отглагольное существительное «беседы»). Содержание бесед не раскрыто, но общая идея этих бесед названа. Рагин относит себя к умным людям, жалеет о выборе профессии врача, желает находиться в сообществе умных людей и размышлять о смысле существования. В повести «Палата № 6», как считает Е. Я. Кедрова, представлена оппозиция «ум-безумие» (Кедрова, 2010, с. 263). Мечта Рагина о нереализованном образе жизни восполняется в ирреальной действительности — в снах, и он сам говорит о постоянном пребывании в той действительности, которая его больше устраивает, о чем свидетельствует наречие «часто», определяющее следующие друг за другом во времени сны с потенциально подобными разговорами, которых не было в реальности.

«Андрей Ефимыч слушает и не слышит; он о чем-то думает и прихлебывает пиво.

— Мне часто снятся умные люди и беседы с ними, — говорит он неожиданно, перебивая Михаила Аверьяныча ... так и в жизни не замечаешь ловушки, когда люди, склонные к анализу и обобщениям, сходятся вместе и проводят время в обмене гордых, свободных идей. В этом смысле ум есть наслаждение незаменимое» (Палата № 6, Т. VIII, с. 89).

В «Палате № 6» в Громове Рагин нашел не только слушателя, но и собеседника, при этом каждый из них пребывает в своем собственном существовании: «Громов возмущается и обличает, Рагин наслаждается беседой с умным человеком» (Афанасьев, 2010, с. 188).

В рассказе «Жена» Павел Андреевич, не интересующийся делами своей жены, которая занималась организацией помощи голодающим, скучает, пишет книгу, мечтает о покое. Но тяжелая жизнь мужиков в деревне, сложные отношения с женой волнуют его и находят отражение в его сне в доме Ивана Иваныча Брагина, к которому он уехал после скандала с женой и у которого был также знакомый ему доктор Соболь.

«И тотчас же мне стали сниться жена, ее комната, начальник станции с ненавидящим лицом, кучи снега, пожар в театре... Приснились мужики, вытащившие у меня из амбара двадцать кулей ржи...

— Все-таки это хорошо, что следователь отпустил их, — говорю я.

Я просыпаюсь от своего голоса, минуту с недоумением смотрю на широкую спину Соболя, на его жилетную пряжку и толстые пятки, потом опять ложусь и засыпаю.

Когда я проснулся в другой раз, было уже темно. Соболь спал. На душе у меня было покойно и хотелось поскорее домой» (Жена, Т. VII, с. 494–495).

Все, что приснилось Павлу Андреевичу, связано с его реальной жизнью и тем, что его очень беспокоило: непростые, недоверительные отношения с женой и непричастность к тем разговорам и событиям, которые происходили в ее комнате с другими людьми и которые их общий друг доктор Соболь называл « благотворительной оргией », представлено во сне существительными «жена», «комната». Далее в перечислительном ряду объектов сна назван « начальник станции с ненавидящим лицом». Это человек, на которого Павел Андреевич два раза жаловался его начальству из-за плохого отношения к работе. Холод и снег (во сне есть объект сна — «кучи снега») на улице постоянно упоминаются в повести и сопровождают персонажа: слово « снег » встречается в рассказе 19 раз: «весь мокрый от снега» (Жена, Т. VII, с. 487); «пожимаясь от ветра и снега» (Жена, Т. VII, с. 487); «пряча лицо от снега» (Жена, Т. VII, с. 488); «кусок крепкого унавоженного снега» (Жена, Т. VII, с. 489); «После снега и ветра у меня горело лицо» (Жена, Т. VII, с. 490); «кучи снега» (Жена, Т. VII, с. 494) и т. д.

Словосочетание «пожар в театре» в ряду объектов сна не из реального события, а из предыдущего монолога доктора Соболя, который слышал Павел Андреевич и в котором Соболь сравнивает нынешнее сложное положение в деревне с пожаром в театре. Приснились ему и «мужики, вытащившие у меня из амбара двадцать кулей ржи...», о чем говорится в начале повести и чем был недоволен Павел Андреевич. Во фрагменте текста сон прерывается репликой, персонаж проснулся от собственного голоса, что свидетельствует о внутренних переживаниях персонажа даже во время сна. Содержание произнесенной вслух реплики связано с только что выраженным перед сном недовольством доктора Соболя по поводу того, что ведется следствие в связи с этой кражей. Это событие и мнение доктора беспокоило персонажа даже во сне, и содержание реплики свидетельствует уже об ином отношении Павла Андреевича к краже ржи мужиками. Павел Андреевич изменил свое отношение к этому событию и успокоился. Сон оказывает существенное влияние на последующую жизнь персонажа, он мирится с женой и согласен ей помогать.

Проанализируем рассказ «На подводе», в котором есть ряд имен существительных, обозначающих объекты (субстанции) сна персонажа без их сюжетного развертывания, и обратим внимание на употребление лексемы «сон» в тексте рассказа.

В рассказе «На подводе» описан один день жизни Марьи

Васильевны, которая работает уже тринадцать лет в сельской школе. В рассказе в этот день Марья Васильевна едет на лошадях в город, чтобы получить жалованье. К вечеру она возвращается назад в деревню Вязовье, везет ее извозчик Семен.

Во время дороги Марья Васильевна многое вспоминает и постоянно анализирует свою жизнь. Из короткого рассказа читателю становится известно, что когда-то она жила в Москве, что родители уже умерли, что она с тоской вспоминает свое детство и что ее очень тяжело работать в школе. Она должна беспокоиться не только о занятиях с учащимися и давать им такие знания, чтобы они смогли сдать экзамены, но и о том, чтобы в школе было тепло, чтобы были заготовлены дрова. При этом ей никто не помогает, денег на содержание школы дают мало. Личная жизнь Марьи Васильевны тоже не устроена. А. П. Чехов представляет размышления героини в пути о неустроенности в жизни, о тяжелой работе, сложных отношениях с проверяющими и личном одиночестве. Сопровождающие жизнь героини определенные явления реальной жизни находят отражение в снах Марьи Васильевны, что представлено в авторской речи в простом предложении, в котором ряд однородных членов предложения обозначает то, что снится персонажу. «*А ночью снятся экзамены, мужики, сугробы*» (На подводе, Т. IV, с. 339).

Это предложение представляет образ реальности, которая находит отражение в сновидениях учительницы и не разделена на прошлое, настоящее и будущее, а знаменует обыденность, повседневность, однообразность, проявляющуюся в том числе в постоянстве ночных сновидений. События не описаны, здесь нет деятельностного аспекта, но перечислено то, что вызывает переживания, которые сопровождают персонажа и связаны с реальностью. На уровне грамматики предложение является двусоставным, при этом близким по значению к безличному предложению. Исследователи обращают внимание, что таким образом представленная однообразность бытия персонажа участвует в формировании такого свойства художественного времени в рассказе, как цикличность. (Маслакова, 2010, с. 134).

Все имена существительные в предложении имеют форму множественного числа, что придает объемность снам героини. На первом месте в ряду однородных членов стоит слово «экзамены», что, видимо, неслучайно, поскольку Марья Васильевна очень ответственно относилась к своей профессиональной деятельности и переживала из-за экзаменов. В рассказе существительное «экзамен» в форме единственного и множественного числа и однокоренные слова «экзаменовать», «экзаменатор» встречаются девять раз. Во время дороги героиня все время думала об экзаменах, в ее внутреннем осмыслении своего мира именно работа с детьми и ответственность за них были самым важным делом.

«*Марья Васильевна думала о своей школе, о том, что скоро экзамен и она представит четырех мальчиков и одну девочку*»; «*Марья Васильевна думала все о школе, о том, какая будет задача на экзамене — трудная или легкая*» (На подводе, Т. IV, с. 336); «*И опять она думала о своих учениках, об экзамене, о стороже, об училищном совете*» (На подводе, Т. IV, с. 338); «*И ей всегда казалось, что самое главное в ее деле не ученики и не просвещение, а экзамены*» (На подводе, Т. IV, с. 339).

Второе существительное в ряду однородных членов, представляющих предметы сна героини — «мужики». Это собирательный образ тех людей, которые сопровождают ее на протяжении работы в школе: извозчик Семен, мужики, которых она встретила во время поездки в трактире; родители ее учеников, сторож.

«*Марья Васильевна сидела и пила чай, а за соседним столом мужики, распаренные чаем и трактирной духотой, пили водку и пиво*» (На подводе, Т. Ⅳ, с. 339); «*Марья Васильевна пила чай с удовольствием и сама становилась красной, как мужики, и думала опять о дровах, о стороже...*» (На подводе, Т. Ⅳ, с. 340); «*Ей крестьяне не верили; они всегда так думали, что она получает слишком большое жалованье — двадцать один рубль в месяц (было бы довольно и пяти), и что из тех денег, которые она собирала с учеников на дрова и на сторожа, большую часть она оставляла себе*» (На подводе, Т. Ⅳ, с. 341); «*Вот уже два года, как она просит, чтобы уволили сторожа, который ничего не делает, грубит ей и бьет учеников, но ее никто не слушает*» (На подводе, Т. Ⅳ, с. 337). Существительные «мужик», «мужики» в рассказе употреблены восемь раз. Третье существительное, обозначающее реалии сна Марьи Васильевны — «сугробы». Оно встречается в тексте рассказа только в предложении, где описаны предметы сна. Причиной появления сугробов в снах Марьи Васильевны является холод, зима, снег, из-за чего в школе и в ее комнате часто холодно, и ей нужно беспокоиться о дровах.

«*Зима, злая, темная, длинная, была еще так недавно*» (На подводе, Т. Ⅳ, с. 335); «*...В канавах и в лесу лежал еще снег*» (На подводе, Т. Ⅳ, с. 335); «*От прежних вещей сохранилась только фотография матери, но от сырости в школе она потускнела*» (На подводе, Т. Ⅳ, с. 335); «*Утром холодно, топить печи некому, сторож ушел куда-то; ученики поприходили чуть свет, нанесли снегу и грязи, шумят; все так неудобно, неуютно*» (На подводе, Т. Ⅳ, с. 338); «*Около трактира, на унавоженной земле, под которой был еще снег, стояли подводы*» (На подводе, Т. Ⅳ, с. 339); «*...Марья Васильевна почувствовала в ногах резкий холод*» (На подводе, Т. Ⅳ, с. 341).

Реальные явления, события, люди, играющие важную роль в

жизни Марьи Васильевны, составляющие ее трудную, тяжелую жизнь и вызывающие ее эмоциональные переживания, находят отражение в ирреальной действительности — в снах героини, представляющих посредством языка рутинность повседневности. Исследователи обращают внимание на то, что в рассказе «На подводе» можно увидеть элементы импрессионистического стиля, поскольку в нем «штрихами» представлены внешний мир персонажа и внутреннее осмысление этого мира (Субботина, 1982; Крошкин, 2000).

Образ учительницы Марьи Васильевны в рассказе «На подводе» — один из образов учителей в России конца XIX века (Коновалова, 2001, с. 88). Главному персонажу повести «Моя жизнь» (повествование ведется от первого лица) Полозневу, оторвавшемуся от обычной прежде городской жизни и приехавшему жить и трудиться в сельскую местность, было непривычно и тяжело, и это напряжение находило представление в сновидении, где обозначены реальные явления сельской жизни и деятельности. Сновидения были постоянными, о чем свидетельствует предложно-падежная форма со значением времени «по ночам». Объект сновидения — «вспаханная земля» за счет определения, выраженного страдательным причастием прошедшего времени от глагола «вспахать», дает представление о конкретном роде деятельности персонажа (см.: Приложение № 1, пример № 13).

Персонаж произведения «Рассказ неизвестного человека» (повествование ведется от первого лица), как и персонаж повести «Моя жизнь», также меняет свой образ жизни. Он, будучи дворянином и образованным человеком, идет в слуги к дворянину Орлову. Он мечтает о другой жизни, «обыкновенной, обывательской». В начале произведения описаны его мечты о новой жизни, в том числе желания его даны и в сновидениях, где перечислены объекты, выраженные именами существительными, представляющие разные явления, которыми интересуется персонаж и которые, видимо, могли бы быть воплощением его мечты. «*Мне снились горы, женщины, музыка, и с любопытством, как мальчик, я всматривался в лица, вслушивался в голоса*» (Рассказ неизвестного человека, Т. VIII, с. 140).

Сложные переживания в связи с тем, что персонаж узнает о реальной жизни, также могут находить отражение в сновидении. В рассказе «В сарае» мальчик Алешка узнал от деда и других людей, служивших у барина, о том, что барин застрелился. Алешка рассказал деду, что днем он видел барина у ворот, тот погладил его по голове и спросил, из какого он уезда. Перед сном все говорили о самоубийстве барина, обсуждали возможные причины. Мальчик очень испугался, просил деда увезти его домой, долго не мог заснуть, плакал от страха и во сне видел умершего барина, что также вызвало испуг. Страх от сновидения заставил его проснуться и заплакать, выход из этого сна был связан с эмоциональным переживанием, продолжающимся и во сне, что привело к прерыванию сна и плачу. Алешке приснился человек, которого он видел днем в реальной жизни и известие о смерти которого так его напугало. Восприятие этого события мальчиком и взрослыми людьми описывается по-разному, страх был только у мальчика, взрослые после обсуждения поступка барина сели играть в карты и велели Алешке спать. «*Когда Алешка увидел во сне барина и, испугавшись его глаз, вскочил и заплакал, было уже утро, дед храпел и сарай не казался страшным*» (В сарае, Т. VI, с. 285).

Повесть «Степь» является произведением, подводящим итог предшествующему периоду творчества писателя и являющимся «прологом к последующим творческим изысканиям» (А. П. Чехов. Энциклопедия, 2011, с. 178). Произведение стало «увертюрой к последующей драматургии » (Катаев, 2008, с. 6), поскольку существенной чертой повести является представление индивидуальных судеб через обращение к общечеловеческим вопросам счастья, одиночества, смысла жизни. В повести «Степь» мальчик Егорушка, которого дядя Кузьмичов везет в гимназию и с точки зрения которого представлены в произведении некоторые жизненные наблюдения, по-своему осмысляет мир, в который он попал. Зная своего дядю и познакомившись в поездке с о. Христофором, Егорушка, глядя на них во время их сна, предполагает, что они могут видеть во сне. То, что эти персонажи видят в своих сновидениях, очень точно характеризует Кузьмичова и о. Христофора и является, видимо, и точкой зрения повествователя. На то, что вряд ли девятилетний мальчик настолько широко, глубоко и тонко мог осмыслять все, что он видит вокруг себя, обратила внимание Н. А. Кожевникова, так как повествование в «Степи», оформленное с точки зрения Егорушки, нельзя свести только к его восприятию, поскольку «язык не соответствует речевому обиходу персонажа» (Кожевникова, 1999, с. 36).

Кузьмичову, сухому и сосредоточенному на делах человеку, снится все, что связано с торговлей, а о. Христофору то, что характеризует его как доброго человека, любящего жизнь во всех ее проявлениях. При описании сна Кузьмичова обращается внимание на то, что и во сне он продолжал думать о делах, то есть мыслительный процесс не прерывался даже в состоянии сна. Введение объектов сна двух персонажей представлено рядами имен существительных, предложно-падежными словосочетаниями и в сновидении о. Христофора также придаточным предложением, в котором дано обобщение объектов сна по сравнению с объектами сна Кузьмичова, что дает читателю возможность сравнить двух персонажей по их разному миропониманию.

Предположительность перечня объектов сна обозначена во фрагменте текста вводными компонентами, имеющими значение возможности, допустимости («вероятно», «должно быть»). В приведенном ниже отрывке слова «дядя», «отец Христофор», «шерсть», «Варламов» и др. можно считать относящимися к точке зрения Егорушки; словосочетания «деловая сухость», «фанатик своего дела», «сковать как удав» и другие оценки и сравнения скорее всего принадлежат повествователю (см. : Приложение № 1, пример № 14).

В рассказе «Пари» банкир, решивший не отдавать деньги юристу, который согласился провести пятнадцать лет в заточении, чтобы заработать два миллиона, пришел к юристу в конце срока и нашел его спящим. Банкир предположил, что юристу снятся деньги, пока не прочитал его письмо, в котором тот сообщает, что нарушит пятнадцатилетнее заточение за пять часов до его окончания и отказывается от денег, так как презирает их. Причиной такого отношения юриста к деньгам стали его размышления по итогам знакомства в течение заключения с Евангелием, с сочинениями по философии, истории. Объект сна — деньги — та реальность, о которой мечтал один персонаж, юрист, и, имея, утратил другой, банкир, так как оказался на грани разорения к концу пребывания в заточении юриста (Тимонин, 2001, с. 198).

«За столом неподвижно сидел человек, не похожий на обыкновенных людей. Это был скелет, обтянутый кожей…Он спал…"Жалкий человек! — подумал банкир. — Спит и, вероятно, видит во сне миллионы!"» (Пари, Т. VII, с. 233–234).

О миллионе мечтает также барон фон Зайниц в произведении «Ненужная победа», обещая жениться на девушке Ильке, если у нее будут такие деньги. Эти деньги не принесли барону счастья.

«*Разжалованный барон был далеко. Он, пьяный, лежал под кустом, недалеко от домика Блаухер, и видел во сне свой миллион...*» (Ненужная победа, Т. I, с. 356).

В рассказе «Устрицы» (повествование ведется от первого лица) еле держащийся на ногах от голода мальчик выясняет у отца значение слова «устрицы», увидев это слово на вывеске у трактира, около которого его безработный отец просит милостыню. Отец отвечает, что это животное, которое живет в море. Мальчик воображает, что оно похоже на лягушку. Затем это животное из его воображения попадает в сновидение, наступившее после того, как его угостили устрицами, и он плохо себя почувствовал после еды, потому что ел устрицы с раковинами, не зная, как правильно их есть. Лягушка во сне мальчика из придуманных им самим представлений о том, на что похожи устрицы, как объект сна не является в рассказе реально существующим животным, оно есть только в воображении мальчика. Этот объект возникает во сне как напоминание о желании хоть что-нибудь съесть, несмотря на неприятный внешний вид и на то, что это живое существо. «*К утру я засыпаю, и мне снится лягушка с клешнями, сидящая в раковине и играющая глазами. В полдень просыпаюсь от жажды и ищу глазами отца: он все еще ходит и жестикулирует...*» (Устрицы, Т. III, с. 134).

Объекты сна могут быть только обозначены и выражены местоимениями, значение которых не раскрывается во фрагменте текста. Автор либо сам обозначает так объект сна, либо вкладывает это в уста персонажа.

Реплике Марьи после сна в рассказе «Мужики» А. П. Чехов дает разъяснение, предполагая несколько причин появления реплики, среди которых есть и предположение о сновидении без раскрытия его содержания.

«*Марья вернулась и стала топить печь. Она, по-видимому, еще не совсем очнулась от сна и теперь просыпалась, на ходу. Ей, вероятно, приснилось что-нибудь или пришли на память вчерашние рассказы, так как она сладко потянулась перед печью и сказала*:

— *Нет, воля лучше!*» (Мужики, Т. Ⅸ, с. 301-302).

В рассказе «Доктор» больной мальчик не может объяснить доктору, что именно ему снится, обозначая объект сна местоимением «все» и повторяя это несколько раз (см.: Приложение № 1, пример № 15). Разные жизненные ситуации, происходящие в произведении с персонажами, находят отражение в снах персонажей. Представление и осмысление этих ситуаций в пространстве текста помогает читателю понять причину появления реалий, имеющих отношение к этим ситуациям, в сновидении. Как правило, это связано со сложными внутренними переживаниями персонажей в связи с реальными жизненными ситуациями. Персонаж продолжает таким образом и в ирреальной действительности «проживать» то, что уже произошло, осмыслять эти ситуации, напоминать о том, что было, мечтать о том, что могло бы произойти.

3. Сновидения-предсказания

Сновидения издревле интересовали людей, так как кроме сна как физиологического состояния человека, необходимого ему для продолжения существования в действительности, человек во время пребывания в состоянии сна может видеть различные образы, предметы, явления, события. Кроме сна как факта физиологии человека есть и факт передачи содержания сновидения одного человека другому человеку, из чего сложились и складываются толкования сновидений. Сновидения могут быть бессмысленными, но большинство сновидений, особенно часто встречающихся, толкуются людьми, фиксируются на письме или передаются устно. Существуют различные издания, в которых дается расшифровка сновидений. Сновидения описываются также в научных исследованиях как явление, характеризующее миропонимание и мироощущение человека, что может быть связано с национальностью, религией, традициями, местом проживания и др. ; проводятся научные исследования « устных сонников» (А. Далданский, 1999; Н. Малкольм, 1993; Дж. А. Холл, 2017; А. В. Гура, 2012; Толковый словарь сновидений: иллюстрированная история цивилизации снов, 2006).

При толковании сновидений обращают внимание на то, какая именно информация в нем заложена, каким образом может сбыться или не сбыться этот сон. При определении достоверности сновидений учитывают дни недели, числа месяца, расположение Луны, праздничные дни, когда толкование может быть связано, и т. д.

Например, если сновидение связано с религиозными праздниками, то оно может иметь сакральный смысл, на что обращают внимание Г. А. Миллер (2007), А. А. Панченко (2001), В. П. Самохвалов (1999), С. А. Токарев (1988); Н. Ю. Трушкина (2002).

Сон может присниться, как считают толкователи снов, к новым вещам, к неурядицам в семейной жизни, к неприятностям на работе, к радости, к счастью, к несчастью и т. д. Спектр толкований сновидений очень широк и разнообразен, но в то же время некоторые толкования могут быть тождественными. Например, З. Фрейд в « Толковании сновидений» (2004, с. 225 – 226) описывает человека без одежды в присутствии других людей, который от отсутствия одежды испытывает эмоциональное состояние стыда. Такая расшифровка сна, в котором приснился голый человек, есть и в народном толковании, что отмечает А. А. Лазарева (2016, с. 37). Этот сон всегда к неприятностям, позору, от чего человек испытывает чувство стыда. Выпадение зуба в сновидении в народном толковании расшифровывается как возможная потеря родственника или близкого человека в действительности. А. А. Лазарева обращает внимание на то, что кроме того, что можно наблюдать соотношение «прямой» символики (потерян зуб — потерян человек), необходимо обратить внимание и на близкое эмоциональное состояние, которое испытывает сновидящий не только во сне (физическая боль от потери зуба), но и в реальности (страдания от потери близкого человека) (Лазарева, 2016, с. 38). Сновидения, в которых предугадывается, предсказывается то, что произойдет или может произойти в действительности, называются вещими снами или пророческими снами.

В прозе А. П. Чехова в трех рассказах есть сновидения, в которых персонажам снятся такие предметы или явления, появление которых во сне затем самими персонажами и объясняются. Такие сны можно считать вещими снами, в сне предсказывается или объясняется то, что происходит после сна в жизни персонажей. Сновидения-предсказания снятся персонажам в рассказах «Последняя могиканша», «Perpetuum mobile» и «Нахлебники».

В рассказе «Нахлебники» описывается тяжелая жизненная ситуация старика Зотова, оказавшегося без средств к существованию и вынужденного сдать своих животных, лошадь и собаку Лыску, на скотобойню, так как ему нечем было их кормить. Мысль о сложившемся трудном положении не оставляет старика и во сне. Объект сна — печка — получает толкование в тексте как предсказание чего-то плохого. В реальной действительности в произведении это связано с бедностью персонажа.

«Тут же кстати старик вспомнил, что в истекшую ночь ему снилась печь, а видеть во сне печь означает печаль. Сны и приметы составляли единственное, что еще могло возбуждать его к размышлениям. И на этот раз он с особенною любовью погрузился в решение вопросов: к чему гудит самовар, какую печаль пророчит печь? Сон на первых же порах оказался в руку: когда Зотов выполоскал чайник и захотел заварить чай, то у него в коробочке не нашлось ни одной чайнки» (Нахлебники, Т. V, с. 282).

Старик знал, к чему может присниться печка: к чему-то плохому. Это предсказание сразу же расшифровывается в рассказе: плохое для персонажа заключается в такой бытовой мелочи, как отсутствие заварки для чая. Но для читателя по окончании чтения рассказа становится понятно, что сновидение можно толковать по-другому: будучи пьяным и не понимая до конца, что он делает, Зотов приводит живших с ним животных на скотобойню. Делает он это не совсем осознанно: он отпустил животных со двора и надеялся, что они сами уйдут от него. Но преданные животные шли за ним, и от безысходности старик привел их к месту гибели. Осознав, что он сделал, старик подставил и свою голову, затем долго не мог прийти в себя. Вот это ужасное событие и является тем событием, которое предсказал сон.

В рассказе «Последняя могиканша» штаб-ротмистр Докукин тоже во сне видит печь и рассказывает об этом своему гостю в связи с тем, что видит неожиданно прибывших к нему сестру с мужем, которых он не очень хотел видеть, даже несмотря на скуку и тоску. Приезд родственников оценивается им как реализация в действительности сновидения-предсказания о чем-то плохом.

« — *Черт возьми ...* — *пробормотал Докукин, глядя на меня испуганными глазами и почесывая висок.* — *Не было печали, так вот черти накачали. Недаром я сегодня во сне печь видел.*

— *А что? Кто это приехал?*

— *Сестрица с мужем, чтоб их...*» (Последняя могиканша, Т. Ⅲ, с. 417).

В рассказе «Perpetuum mobile» доктору Свитницкому приснился пожар, что, как объясняется в тексте, к счастью. Читатель может это понять и как внутреннее спокойствие доктора, наступившее после ссоры со следователем Гришуткиным, что помешало им выполнить работу (они ехали на вскрытие трупа), и как восстановление их отношений и попытку продолжить дело.

«*На душе у него было тихо, хорошо, плавно, как на небе, в синеве которого неподвижно стоит жаворонок, и это благодаря тому, что в прошлую ночь он видел во сне пожар, что означало счастье. Вдруг послышался шум подъехавших саней (выпал снежок), и на пороге показался следователь Гришуткин. Это был неожиданный гость...*

— *Я приехал извиниться, Тимофей Васильич...*» (Perpetuum mobile,
Т. Ⅱ, с. 328).

Словами, предсказывающими будущие события в рассказах,
являются два слова («печь» и «пожар»), значение которых связано с
огнем, что позволяет трактовать будущие события как события
разрушающего характера. Сны-предсказания, в которых объектом была
печка (рассказы «Нахлебники» и «Последняя могиканша»), сразу
получают подтверждение толкования, так как в реальной жизни
персонажей происходят разноплановые негативные события. В
приведенных выше источниках дается разное толкование сновидений-
предсказаний, в которых есть печь: к чему-то хорошему, если печь
красная, и плохому, если она холодная. Пожар в сновидении-
предсказании снится к положительным, позитивным переменам.

В рассказе «Perpetuum mobile» толкование дано в авторском тексте,
но соответствующая тексту оценка возможных будущих событий
предоставляется читателю. Сновидения, в которых обозначены объекты
без развития сюжета, встретились в 26 прозаических произведениях
А. П. Чехова. В произведениях объекты сна выражены именами
существительными или словосочетаниями с именами
существительными, обозначающими людей, предметы, различные
явления, появляющиеся в сновидениях персонажей в связи
определенными обстоятельствами их жизни, они связаны с
реальностью, с действительностью, в которой они находятся. Предметы
сна могут быть представлены местоимениями-существительными,
значение которых обычно понятно из контекста. В реальности предметы
сна существуют и находят отражение во сне как то, что окружает
персонажа в действительности или когда-то было в его жизни, или то,
что может его окружать в его представлении в будущем. Отношения

взаимной приязни, любви или ее отсутствия, нереализованности взаимоотношений вызывают у персонажей внутренние сильные переживания и находят отражение в другой действительности, в ирреальности, в сновидении.

Сновидения без сюжета представлены в разных типах речи, авторской и персонажной (прямой и внутренней), и в разных типах повествования (от 3-го лица и от 1-го лица). В четырнадцати произведениях сновидения даны в авторской речи в повествовании от 3-го лица: «Цветы запоздалые», «Попрыгунья», «Дама с собачкой», «Душечка», «Учитель словесности», «Вор», «Жена», «На подводе», «В сарае», «Степь», «Ненужная победа», «Мужики», «Perpetuum mobile», «Нахлебники»; в пяти произведениях — в повествовании от 1-го лица: «Мои жены», «Ариадна», «Моя жизнь», «Рассказ неизвестного человека», «Устрицы». Рассказывают в диалогах с другими персонажами о том, что им приснилось, или о том, что, возможно, снится другим, персонажи в произведениях «Козел или негодяй?», «Аптекарша», «Черный монах», «Палата № 6»; «Доктор», «Попрыгунья»; в размышлениях персонажа (во внутренней речи) представлено сновидение в рассказе «Пари».

В бессюжетном сновидении может быть обозначен один объект — имя существительное в единственном числе с зависимыми словами и без зависимых слов («Цветы запоздалые», «Устрицы», «В сарае», «Нахлебники», «Ненужная победа», «Последняя могиканша», «Perpetuum mobile», «Моя жизнь», «Душечка», «Попрыгунья») или во множественном числе («Попрыгунья», «Пари»). В сновидении объекты сна могут быть представлены несколькими именами существительными, с зависимыми словами и без зависимых слов, обозначающими два и более предметов сна и явлений и выполняющими функцию однородных членов предложения (« Палата № 6 », « На подводе», « Жена», « Рассказ неизвестного человека», « Черный монах», «Душечка», « Учитель словесности», « Козел или негодяй?», « Степь»).

Местоимениями-существительными,   неимеющими   по категориальному значению определений, представлены объекты сна в произведениях « Ариадна», « Моя жизнь», « Аптекарша», « Мои жены», « Вор »,   « Дама с собачкой ». В этих сновидениях местоимения обозначают людей, о которых думают персонажи и которые уже были названы во фрагменте текста. В рассказах « Мужики » и « Доктор » объекты сновидений обозначены местоимениями, значение которых остается нераскрытым в силу предположения о неясности предмета сна (« Мужики ») или болезни персонажа, не имеющего в связи с этим возможности раскрыть содержание сна (« Доктор »).

Объекты в бессюжетных сновидениях вводятся обычно глаголом несовершенного   вида   « сниться »   или   словосочетанием   глагола несовершенного « видеть » с существительным « сон » в предложном падеже с предлогом. Словосочетания « каждую ночь » (« Ариадна », «Попрыгунья»), « по ночам » («Моя жизнь», « Душечка»), наречия «часто», « вечно » («Палата № 6 », « Козел или негодяй?») в сочетании с глаголом « сниться » и словосочетанием « видеть во сне » указывают на многократность снов персонажей одного и того же содержания, что подчеркивает эмоциональное напряжение, в котором находятся персонажи в связи с одним и тем же объектом реальной действительности или жизненной ситуацией.

Персонажи во время сновидения часто включены в осмысление сна настолько, что это может проявляться внешне во время всего сна или прерывать сон. Никитин в «Учителе словесности» заснул и, утомленный счастьем, улыбался до самого утра, то есть улыбка как определенное выражение лица сохранялась и подчеркивала осознание им своего счастья. В то же время страх не оставляет мальчика Алешку и во время сна, и он вскакивает и плачет в рассказе «В сарае», поскольку приснившийся ему умерший барин вызывает и во сне состояние тревоги, боязни. Этот страх вырывается наружу и обозначается глаголами физического и эмоционального действия. Внутренняя тревога во сне не оставляет и персонажа рассказа «Жена», который продолжает осмыслять во сне предыдущие реальные жизненные обстоятельства. Это обозначено в тексте прямой речью персонажа, которая прерывает сновидение, но затем, успокоившись, он вновь засыпает. Успокоение, которое приносит ему сновидение, меняет жизненную позицию персонажа.

Часть 4

Типология сновидений в прозе А. П. Чехова. Сюжетные сновидения: реальность и ирреальность

1. Рассказы-сновидения: реальность и ирреальность: рассказы «Сон репортера», «Сон», «Сонная одурь», «Сон золотых юнцов», «Зеркало», «Спать хочется»

В 26 произведениях А. П. Чехова (см.: приложение № 3) сновидения персонажей представлены не в виде отдельных предметов или ряда предметов и субстанций, а даны как событийный ряд, в котором разворачиваются определенные события. Сновидение персонажа представляет собой сюжет, участником которого могут быть разные персонажи. При этом персонаж, видящий сон, может быть и не быть участником сюжетного сновидения. Сюжетные сновидения оформлены фрагментом текста разного объема, имеющим свои границы, на что указывают языковые единицы со значением входа и выхода из сновидения. События, разворачивающиеся в сюжетном сновидении, связаны с реальными явлениями действительности, но не являющиеся ими. Они представлены в другом пространстве бытия человека, дополнены другими событиями и наполнены другим содержанием, расширяющим и дополняющим понимание читателем реальной жизни персонажа, его внутреннего состояния.

В творчестве А. П. Чехова несколько рассказов, в содержании которых большое место по объему занимают сновидения персонажей и названия которых содержат лексемы со значением « сон »: « Сон репортера», «Сон», «Сонная одурь», «Сон золотых юнцов». В рассказе « Зеркало » также представлено только сновидение персонажа. Все рассказы относятся к первому периоду творчества, характеризующимся субъективностью повествования.

Рассказ «Сон репортера»

Сюжетное сновидение может быть основано на определенном реальном явлении в жизни персонажа, но в самом сновидении представлены ирреальные события, их не было в реальной жизни. Рассмотрим рассказ «Сон репортера», в названии которого обозначен персонаж по профессиональной принадлежности и состояние, в котором он пребывал. Рассказ состоит из описаний реальных событий и ирреальных событий, разворачивающихся в сновидении. Реальные события заключаются в том, что репортер Петр Семеныч получает письменное задание от своего начальника, которое состояло в том, чтобы он обязательно пошел на бал французской колонии и по итогам пребывания там написал об этом мероприятии заметку. Редактор знал, что на балу будет разыгрываться ваза, и в задании высказал пожелание о том, чтобы репортер выиграл эту вазу. Репортер не смог выполнить задание, так как проспал, но то, что ему приснилось, он выдал за действительность, за реальность.

Репортер, лежа на диване после обеда и прочитав задание, произносит вслух длинную монологическую реплику, в которой он ругает редактора за то, что тот скуп и не прислал ему денег на билет, чтобы попасть на бал. Репортер очень высоко оценивает себя и сравнивает себя со знаменитым Стенли, журналистом и путешественником, отыскавшим Ливингстона. Репортер считает, что недооценка его труда редактором — это показатель отношения к людям в российских редакциях. Репортер уверен, что в заграничных редакциях иначе. «Там умеют ценить людей», — говорит он. Такое образцовое отношение репортер понимает буквально, связывая оценку человека с большим количеством денег, которые он получает. В речи репортера тем самым семантика слова «ценить» предельно сужается, сводясь к семам «цена», «деньги». Важно, что он мысленно причисляет себя к знаменитостям, которым платят большие деньги. Преувеличенная самооценка затем постоянно просматривается в деталях сновидения.

Далее следует фрагмент текста, описывающий процесс вхождения репортера в состояние сна (см.: Приложение № 1, пример № 16). До описания вхождения в сон читателю известно, что репортер находится дома, только что пообедал, лежит на диване (место, обычное для сна), очень недоволен редактором. Его физиологическое состояние (сытость и расположение на диване) и внутреннее психологическое состояние (раздраженность в связи с полученным заданием) способствуют переходу в состояние сна.

Процесс вхождения в состояние сна в приведенном выше отрывке представлен подробно и содержит разные сведения: физиологического состояния («закрыл глаза»), что естественно при вхождении в состояние сна, и ментального состояния («задумался»). Нарастание ментального состояния затем образно описано в предложении «Множество мыслей, маленьких и больших, закопошилось в его голове», где нет указания на содержание мыслительной деятельности. Внимание обращается на размер мыслей, количество и их специфическое функционирование в сознании персонажа, представленное глаголом «закопошилось», т. е. постоянно шевелились в голове. Мысли затем перестают существовать, поскольку на них опускается «туман» (то есть то, что затмевает сознание), при этом опускающийся «туман» определяется двумя прилагательными («приятный», «розовый») и неопределенным местоимением («какой-то»). Эти определения обозначают внутреннее восприятие персонажем постепенной утраты способности мыслить, но в то же время наступающая неопределенность состояния еще оценивается им положительно с эмоциональной точки зрения и видится в цветовой гамме, соответствующей светлым тонам. После тумана персонаж еще воспринимает пространство, в котором он находится («щели», «дыры», «окна», «потолок»), но это восприятие скорее свидетельствует о следующем этапе его вхождения в состояние сна, поскольку это пространство стало для него сужаться и заполняться чем-то, что невозможно объяснить. С помощью существительного «желе», имеющего определения «полупрозрачное», «мягкое», представлена нечеткость, размягченность сознания персонажа. Именно после этих двух предложений в данном отрывке поставлено А. П. Чеховым многоточие, графически позволяющее обозначить неясность мыслительной деятельности персонажа (всего в отрывке многоточие поставлено пять раз). Следующие два предложения представляют разных субъектов, возникающих в сознании репортера. Это неожиданные и странные субстанции, они, с одной стороны, возможно, из реальной жизни (люди, лошади, кто-то с крылом, река, наборщик), с другой стороны, они маленького размера («человечки», «лошадки», «маленький наборщик»), у лошадок утиные головы, у наборщика большие буквы. Улыбка наборщика — последнее, что еще осознает репортер, после чего дан вход в сновидение безличной конструкцией, содержащей глагол «сниться» с фазовым глаголом, обозначающим начало процесса: «Петру Семенычу начало сниться».

Сновидение репортера — сюжетное, в нем описывается его присутствие на балу от начала до конца. Он одевается, садится в карету, прибывает на бал, его встречают и приветствуют, он говорит на французском языке, которого не знает на самом деле, получает телеграмму от редактора с пожеланием выиграть в лотерею, знакомится с француженкой, которая затем разбивает вазу. Такие детали в сновидении, как одежда (фрак и белые перчатки), карета с вензелем, лакей, который его почтительно усаживает в карету, присутствие в Благородном собрании, реакция высокопоставленных людей свидетельствуют о максимальной оценке себе персонажем.

Ваза как предмет, который редактор пожелал выиграть репортеру, занимает сознание репортера и в сновидении, поэтому поступок француженки вызвал гнев репортера. Появление во сне вазы соответствует реальности, так как на вечере действительно должны разыграть вазу, о чем репортеру написал редактор. В сюжет сновидения, связанный с вазой, вплетается любовная тема с соответствующим женским образом: перед репортером появляется знатная француженка. Развитие любовной линии сведено к минимуму, что соответствует специфике сновидения как ментальному пространству и выглядит как хождение персонажа под руку с француженкой. Однако любовная линия образует конфликт с предыдущим сюжетным элементом: француженка ревнует репортера к вазе и разбивает ее. Конфликт, видимо, подготовлен мыслями персонажа, который «раздваивается» между любовью к женщине и вазой.

«Она моя! — думает он. — А где я у себя в комнате поставлю вазу?» — соображает он, любуясь француженкой» (Сон репортера, Т. II, с. 349–350).

Невозможность для персонажа совместить любовь и вазу принимает вид непосредственно пространственной несовместимости: любовь к француженке не позволяет найти место для вазы. Пространство комнаты репортера, очевидно, соответствует реальности: «комната его мала», потому что репортер отнюдь не является человеком богатым, знатным и заслуженным, каковым он представляет себя во сне. Но во сне происходит событие абсолютно ирреальное, фантастическое, что, естественно, может объясняться только спецификой сна: «ваза все растет, растет и так разрослась, что не помещается даже в комнате». Репортер готов заплакать, и в этот момент француженка кричит: «А-а-а-... так вы вазу любите больше, чем меня?» — и разбивает вазу кулаком. Фантастический ход сюжета — разрастание вазы — на первый взгляд не связан с реакцией француженки, так как персонаж не высказывает свою мысль вслух. Очевидно, что такое ирреальное соединение мысли персонажа и действий героини его сна так же, как и рост вазы, объясняется особенностью сновидения. Смысл этого увеличения вазы в размере связан с характеристикой внутреннего мира репортера. Разрастание вазы, которая заполняет все пространство комнаты, символизирует о привязанности персонажа к материальному, к дорогим вещам, об их месте в жизни героя, что связано с его представлением о «цене» человека. Загромождение пространства обрекает персонажа на жизненную катастрофу даже во сне: ваза разбита, француженка «хохочет» над незадачливым репортером и исчезает, убегая, как позволяет сон, «куда-то в туман, в облако». Все это сопровождается хохотом газетчиков, что совершенно нестерпимо для ощущающего себя знаменитостью персонажа.

В сновидении репортер гонится за француженкой и смеющимися над ним газетчиками «и вдруг, очутившись в Большом театре, падает с шестого яруса». Он бежит за ними, и тут происходит ирреальная смена пространства: он оказывается на шестом ярусе Большого театра. Смысл смены пространства, видимо, заключается в метафорической оценке тех представлений персонажа о себе, которыми наполнено его сновидение:

он оценивает себя слишком высоко, возносится на верхушку иерархической общественной лестницы (шестой ярус), но все это фикция, игра (Большой театр). В конце сновидения персонаж падает со своих воображаемых высот, что в реальности соответствует падению с дивана. Персонаж, обнаружив себя на полу, не сразу отходит от сна. Об этом свидетельствует мысль, которая приходит ему в голову, в ней присутствуют и француженка, и ваза.

«Слава богу, нет француженки, — думает он, протирая глаза. — Ваза, значит, цела. Хорошо, что я не женат, а то, пожалуй, дети стали бы шалить и разбили вазу» (Сон репортера, Т. II, с. 350).

Мысль репортера продлевает сюжет сновидения, развивая один из возможных вариантов разрешения конфликта между любовью к француженке и привязанностью к вазе. Персонаж радуется тому, что женитьба не становится реальностью, что опять-таки следует из его предпочтения вазы любви. Он не хочет женитьбы, потому что дети разобьют вазу. Персонажу нравится реальное развитие событий: француженки нет, брака нет, детей нет. Следовательно, есть ваза, думает он. Все это продолжение сна, который не закончился вместе с падением с дивана. Победа вазы в этом продолжении сновидения еще раз подчеркивает негативную оценку внутреннего мира персонажа, безоговорочно преданному всему материальному, ощутимому, дорогому. Выход из сна обозначен соответствующим физиологическим действием: он протирает глаза. Однако второй выход из сна, то есть из продолжения, достигается тем, что это действие делается «как следует» («протерев же глаза как следует»). Теперь только репортер понимает самое главное и самое драматичное для себя — вазы в его комнате нет. Это крушение всех надежд, которые воплотились во сне репортера. Отсутствие вазы показывает, что персонаж не сможет достичь столь желанного им богатства.

Очнувшись от сна, осознав реальное положение дел — то, что бал уже начался и ему надо ехать, репортер, однако, позволяет себе немного полежать и засыпает. Соответственно, на бал, куда посылал его редактор, он не попадает. Второй сон, теперь уже без сновидений, завершает характеристику героя: он человек абсолютно безответственный, он не выполняет свою работу, свой долг. Ценить его совершенно не за что, он получает в реальной жизни ровно то, что заслуживает. Именно это показывает ирреальность сновидения и реальность жизни: последняя надежда на то, что ваза цела, оказывается сном. Желание получить дорогую вазу, которая соответствует «цене» героя в его представлении о себе, оборачивается ее отсутствием. Сон, в который погрузился репортер уже после сновидения, не выполнив тем самым свой профессиональный долг, лишает его возможности получить настоящую вазу на настоящем вечере, т. е. в реальности. Редактор в записке, в которой настоятельно просил репортера пойти на бал, пожелал ему выигрыша: «Желаю вам выиграть». Но выигрыша в жизни героя не будет: он сам своей безответственностью, своим отношением к делу и ни на чем не основанной высокой самооценке отграничивает себя от счастливого лотерейного билета. Проспав работу и вместе с тем возможность счастливого выигрыша, репортер пишет «заметку в двести строк», в которой бранит общество за скуку, за то, что оно «не умеет веселиться». Естественно, что заметка — это обман, фальшивка, за которую он получит вовсе не большую сумму денег. Об этом свидетельствует оценочное слово «ска-атина», которым репортер награждал редактора в начале рассказа, сетуя на то, что людей в России «не ценят», как за границей. Сон и сновидение героя со смешением реального и ирреального способствует его характеристике и определению всей проигранной жизни.

Рассказ «Сон»

Рассказ «Сон», имеющий подзаголовок «Святочный рассказ», ведется от лица персонажа рассказа, служащего оценщиком в ссудной кассе. На момент повествования он находится в арестантских ротах, однако вспоминает то, что произошло в ночь под Рождество, когда он служил оценщиком в ссудной лавке и при этом охранял заложенные людьми вещи. Воспоминанию, очевидно, способствует погода, которая бывает зимой. В ночь, когда случились события, описанные оценщиком, была плохая погода. Все представленное в эту ночь изображение природы построено на олицетворениях (см.: Приложение № 1, пример № 17).

Первое же олицетворение заключает в себе понимание того, что суровая погода злится на человека и за что злится. Причина — «человеческая немощь». События, произошедшие в рассказе, который включает сновидение персонажа, показывает именно «человеческую немощь». По всей вероятности, понимание того, что природа не принимает в человеческой жизни, передает точку зрения автора, но не персонажа, от лица которого ведется рассказ. Вместе с тем персонаж представляет собой человека, который способен на сострадание к людям, он сам знал бедность и понимает причины, которые заставляют людей сдавать вещи под залог. Именно это сделало возможными те события, которые персонаж совершил, как он это представляет только в сновидении, т. е. в ирреальном пространстве.

В рассказе также исключительно важно и то, что все происходит накануне Рождества, в сочельник, и затем непосредственно в Рождественскую ночь. Сочельник был отмечен явлением огромного количества бедняков, явившихся в ссудную кассу, и персонаж соответственно, будучи оценщиком, был вынужден целый день глядеть на человеческие слезы, выслушивать мольбы и тем не менее бесчеловечно обирать несчастных (см.: Приложение № 1, пример № 18).

Очевидно, что определение времени событий — сочельник — подчеркивает всю бесчеловечность работы оценщика ссудной лавки и самой лавки. Выжимание из несчастных грошей и копеек накануне Рождества заставляет персонажа почувствовать усталость («К концу дня я еле стоял на ногах: изнемогли душа и тело»). Глагол «изнемочь», как нам представляется, напрямую, благодаря корневому повтору, связан с существительным «немощь», которое в первом предложении рассказа называло причину озлобленности природы на человека. Обирая несчастных, персонаж проявляет «человеческую немощь», т. е. слабость человека как человека — в проявлении гуманных качеств, настоящей человечности. Однако при этом он чувствует муки совести.

Работа накануне Рождества заставляет персонажа испытывать страх, слышать, как плачут вещи, видеть за окном человеческие лица, почувствовать муки совести.

«*Дело в том, что человека, наделенного от природы нервами оценщика, в ночь под Рождество мучила совесть — событие невероятное и даже фантастическое. Совесть в ссудных кассах имеется только под закладом*» (Сон, Т. Ⅲ, с. 152).

Сам персонаж оценивает явление совести в оценщике даже накануне Рождества, т. е. в такой праздник, который призван напоминать людям об их грехах, как нечто невероятное, фантастическое. Однако в рождественскую ночь должны происходить чудеса, что соответствует и жанру святочного рассказа. Проснувшаяся в оценщике совесть являет собой рождественское чудо. Чудо связано с тем, что персонаж вовсе не до конца утратил человечность. Усталость от большого количества бесчеловечных дел в канун Рождества, изнеможение души и тела, т. е. «человеческая немощь» не дает возможность персонажу уснуть.

«К концу дня я еле стоял на ногах: изнемогли душа и тело. Немудрено, что я теперь не спал, ворочался сбоку набок и чувствовал себя жутко...» (Сон, Т. Ⅲ, с. 152−153).

Рассказ ведется от первого лица, и персонаж постоянно сопровождает свои наблюдения в сновидении сообщением о том, что с ним происходило, обращая внимание на особенности своего «существования» в сновидении. С помощью прилагательного сон определяется как «чуткий», т. е. тревожный, легко прерывающийся, настороженный. Глагол «слышать» при описании сновидения употребляется три раза, все звуки персонажу были доступны во сне; глагол «видеть» вводится с помощью противительного союза «но» во второй части сложносочиненного предложения, первая часть которого содержит описание физиологического действия, которое противоречит видению («Глаза мои были закрыты, но я видел...»). Глагол «помнить», обозначающий процесс мышления, свойственный человеку, осмысляющему в реальной действительности существование чего-то, вводится также противительным союзом «но», подчеркивающим противоречие возможности этого состояния во время сна («Хотя я спал, но помнил...»). Дальнейшие собственные физические действия персонаж воспринимает как происходящие во сне.

В тот момент, когда персонаж не спит, к нему обращается хозяин ссудной кассы. Он предлагает на следующий день, т. е. уже непосредственно на Рождество открыть ссудную кассу, т. к. на такой большой праздник при злющей погоде в кассу придет множество бедноты (см. : Приложение № 1, пример № 19).

Хозяин, очевидно, не знает никаких мук совести, Рождество на него никак не влияет, он прочно застрахован от чудес. Однако персонаж чувствует, что совесть его терзает, он переживает жуткий страх и обретает удивительную способность слышать голоса несчастных вещей, боль лопнувшей у гитары струны, видеть лица прильнувших к окну бедняков. Измученный оценщик также слышит вой ветра, разбирая слова, сливающиеся с мольбами вещей:

« — *Отпусти нас!* — *выл ветер вместе с вещами.* — *Ради праздника отпусти! Ведь ты сам бедняк, понимаешь! Сам испытал голод и холод! Отпусти!»* (Сон, Т. Ⅲ, с. 153).

Персонаж считает, что его бедность является оправданием его поведения (см. : Приложение № 1, пример № 20). Персонаж засыпает, после чего в рассказе описывается главное событие, связанное с его названием.

«Но как ни билось мое сердце, как ни терзали меня страх и угрызения совести, утомление взяло свое. Я уснул. Сон был чуткий…» (Сон, Т. Ⅲ, с. 154).

Сон, в который впадает герой, получает определение « чуткий ». Это значит, что уснувший оценщик продолжает слышать голоса вещей, лопающиеся от горя струны гитары, вой ветра. Определение сна тем самым показывает проявившуюся в герое чуткость, т. е. способность слышать людские страдания, реагировать на них. Затем начинается собственно сюжетная часть сна, когда происходят определенные события. Все, что происходит, персонаж видит: в кассу проникают люди, это бедняки, они пытаются забрать с витрины свои вещи. Персонажу видится, как он считает, во сне, что он вскакивает, хватает лежащий под подушкой пистолет, наводит его на грабителей. То, что происходит затем, подтверждает персонажу, что все это сон: спящий оценщик вдруг вместо того, чтобы обезвредить «грабителей», как того требует его работа, видит их слезы, видит в окно лицо несчастной старухи, слышит, как она и ветер просят отпустить бедняков (см.: Приложение № 1, пример № 21).

Персонаж хочет проснуться от переживаний в связи с событиями, которые происходят, как он считает, во сне.

«*У меня сжалось от боли сердце, и я, чтобы проснуться, защипал себя...* » (Сон, Т. Ⅲ, с. 155).

Но персонаж продолжает отдавать вещи бедным людям, пришедшим в лавку.

«*Но вместо того, чтобы проснуться, я стоял у витрины, вынимал из нее вещи и судорожно пихал их в карманы старика и парня*» (Сон, Т. Ⅲ, с. 155).

Оценщик понимает, что завтра праздник, а люди нищие, и продолжает освобождать витрину. При этом он удивляется необычности сна («Бывают же такие странные сны!»).

Следующий сюжетный поворот «сна» — это приход хозяина, околоточного и городового. При этом персонаж продолжает вязать узлы с вещами. Он объясняет хозяину свои действия:

« — *Что ты, негодяй, делаешь?*

— *Завтра праздник,* — *отвечаю я.* — *Надо им есть*» (Сон, Т. Ⅲ, с. 155).

Затем во «сне» героя происходит смена пространства и действия, причем это принимает образ театральных декораций.

« *Тут занавес опускается, вновь поднимается, и я вижу новые декорации. Я уже не в кладовой, а где-то в другом месте. Около меня ходит городовой, ставит мне на ночь кружку воды и бормочет: "Ишь ты! Ишь ты! Что под праздник задумал!"»* (Сон, Т. Ⅲ, с. 155).

На этом сновидение заканчивается. Лицо, увиденное во сне в последней сцене, и лицо реальное, — это городовой, и он проясняет всю ситуацию: все, что, как казалось герою, произошло во сне, было сновидением, ирреальностью, оказалось реальным. Он действительно ночью отдал вещи беднякам, за что бы арестован. Затем герой находится в арестантских ротах, его воспоминания объясняют, что его судили — за то, что он воспринимает как сон. Однако оценщик в реальности в Рождественскую ночь отдал вещи беднякам.

Возникает вопрос: что означает несоответствие сознания героя реально происходящим событиям? Этот вопрос настойчиво возникает в связи с тем, что А. П. Чехов так описывает состояние персонажа ночью, что действительно поддерживает впечатление того, что все происходит не в реальности, а во сне. Этому способствует несвязное, отрывочно-эпизодическое воспроизведение событий с «провалами» во времени. Ряд языковых средств создает эффект этой условности сна, т. е. эпизодичности, неосознанности героем последовательности действий и вообще каких-либо действий. Это безличный глагол «помнится», сравнительный союз «словно» в сочетании со сказуемым.

(1) *«Старик и молодой парень... набросились на меня, но..., попятились назад. Помнится, что через минуту они стояли передо мной бледные ...»* (Сон, Т. Ⅲ, с. 154).

(2) *«Хозяин стоит около меня, а я словно не вижу и продолжаю вязать узлы»* (Сон, Т. Ⅲ, с. 155).

Важным языковым средством создания состояния сна и сновидения становится смена видо-временных глагольных форм (совершенный вид — несовершенный — настоящее время и прошедшее время):

(1) *«Старик и молодой парень, растопырив руки, набросились на*

меня, но, увидев револьвер, попятились назад...через минуту они стояли ... умоляли меня отпустить их» (Сон, Т. Ⅲ, с. 154).

(2) *«Точно из земли выросши, предстали... хозяин, околоточный, городовые. Хозяин стоит...я словно не вижу и продолжаю вязать узлы»* (Сон, Т. Ⅲ, с. 155).

Впечатление состояния сна поддерживается также включением в сновидение диалога между людьми и ветром, субъектом, не владеющим в реальной действительности речью. В финале, когда персонажу вынесен судебный вердикт и он оказывается в арестантских ротах, он продолжает называть все произошедшее с ним сном, причем кошмаром. Все это показывает, что с позиции существующей жестокой реальности, не знающей сострадания и существующей за счет людских горестей и даже жизней, помощь беднякам, сочувствие, сострадание, человеческие поступки — это не что иное, как сон, т. е. такое состояние, когда заглушается «здравый смысл», рациональное, и превалирует безжалостное отношение к людям. Очевидно, что такой сон — это метафора, которая объясняет непонятную для рационального отношения к жизни мягкость, доброту, помощь. Метафора сна изображает «усыпление», ослабление общепринятого поведения, узаконенных общественных отношений, заставляющих людей руководствоваться исключительно холодным, расчетливым, эгоистическим рассудком. Еще раз обратим внимание на то, что открыть на Рождество ссудную кассу хозяин предлагает персонажу тогда, когда он не спит. С позиций общепринятой бесчеловечной практики сон, который означает высвобождение в персонаже истинно человеческого, выглядит «кошмаром», а бедняки — ворами и негодяями. Очевидно, что персонаж, по причине того, что был наказан за доброту по существующим бесчеловечным социальным законам, возвращается к своему обычному состоянию и не может понять, как случилось то, что он поступил не «разумно», а по-человечески. Жанр произведения, определенный А. П. Чеховым как «святочный рассказ», с соответствующим временем происходящих событий — Рождеством, объясняют произошедшее с оценщиком ссудной кассы как чудо. Чудом становится преодоление человеком «человеческой немощи». Однако объясняется это самим человеком как сон, т. е. ирреальностью в существующей жестокой реальности.

Рассказы «Сонная одурь» и «Сон золотых юнцов»

В рассказе «Сонная одурь» описывается судебное заседание, в котором принимает участие защитник. Он выполняет свои профессиональные обязанности и в то же время размышляет в основном не о судебном процессе, не о том, что ему важно и необходимо делать в процессе заседания, а о другой своей жизни, семейной. Выполнение служебных обязанностей клонит его ко сну (см.: Приложение № 1, пример № 22).

Глагол «дремать» в примере имеет значение «находиться в состоянии полусна» (БТС, 2004, с. 284). Защитник, пребывая в состоянии полусна, осмысляет свою семейную жизнь. Вхождению в такое состояние способствует обстановка судебного заседания, которая дается глазами защитника. В зале тишина, чтение обвинительного акта секретарем судебного заседания воспринимается как «жужжание пчел или журчание ручейка». Значение и звуковой состав лексем «жужжание» и «жужжать» (лексемы повторяются в тексте рассказа семь раз), вводящих несколько раз фрагменты обвинительного акта, с одной стороны, прерывают мысли защитника, с другой стороны, поддерживают его состояние «сонной одури», которое затем начинает переходить в сон.

«*Защитник встряхивает головой, как лошадь, которую укусила муха, и продолжает думать: Что-то теперь у меня дома делается? В эту пору обыкновенно все бывают дома: и жена, и теща, и дети... Что-то теперь у меня дома делается?*» (Сонная одурь, Т. IV, с. 181).

В рассказе семейная жизнь защитника судебного заседания представлена только в его мыслях, возникающих у него во время процесса. Оценка, которую получают семейные отношения в размышлениях защитника, не совсем положительная (см.: Приложение № 1, пример 23).

Мыслительный процесс защитника в приведенном фрагменте представлен словосочетанием « плывут мысли ». Существительные в именительном падеже называют родственников, которые всплывают в его сознании. Защитник « видит » их дома: жена Надя и другие родственники сидят за обеденным столом, дети капризничают, жена и теща обсуждают семейные проблемы в его отсутствии, говорят о нем только на русском языке, в то время как все разговоры ведутся на французском языке. В этом защитник усматривает отрицательное отношение к нему жены и тещи. Семейная жизнь, обстановка в доме становятся известными читателю только из размышлений защитника в полусонном состоянии.

Затем два пространства — пространство суда и пространство дома — сливаются в сознании защитника, что представлено перечислением разных реальных предметов и субъектов этих пространств (однородные члены предложения — подлежащие — с обобщающим словом). В сознании защитника смешиваются образы воспоминаний и явлений реальности, действительности (см.: Приложение № 1, пример 24). Засыпая, он вспоминает то пространство, где ему комфортно и уютно в отличие от дома. Защитника будит громкий голос председателя суда, но он не сразу понимает, где находится.

«*Защитник вздрагивает и открывает глаза. Прямо, в упор, на него глядят черные глаза цыганки Глаши, улыбаются сочные губы, сияет смуглое, красивое лицо. Ошеломленный, еще не совсем проснувшийся, полагая, что это сон или привидение, он медленно поднимается и, разинув рот, смотрит на цыганку*» (Сонная одурь, Т. IV, с. 184).

Представленное во фрагменте состояние персонажа — это состояние, которого не должно и не может быть у человека при выполнении профессиональных обязанностей («ошеломленный», «не проснувшийся»). Цыганка Глаша, которую он также «видел», находясь в полусне, в сонной одури, в том пространстве, куда он уходит из дома, чтобы комфортно провести время, вдруг оказывается в суде. Это заставляет его окончательно понять, что ему нужно выполнять свои обязанности как защитника, но выход из этого состояния происходит не сразу. Диалог защитника и Глаши, которая была вызвана в суд в качестве свидетеля, приведен не полностью, что подчеркивает состояние защитника, который даже при разговоре в суде еще не совсем включен в судебное заседание.

«*Он выпивает два стакана воды, и сонная одурь проходит совсем...*» (Сонная одурь, Т. IV, с. 184).

Словосочетание «сонная одурь» встречается в рассказе два раза: в названии рассказа и в самом конце. Таким образом, вся жизнь защитника в рассказе дана через его измененное сознание. В реальности он не включен в судебное заседание, и с точки зрения его профессиональной деятельности защитник представлен как человек, которому эта деятельность скучна и неинтересна. Из его полусонного состояния становятся понятны его сложные отношения в семье и то, как он пытается находить выход из этого положения. Жизнь защитника, не связанная с его профессиональной деятельностью, представлена только в состоянии полусна, в состоянии «сонной одури».

У А. П. Чехова есть название к одному из рисунков В. И. Порфирьева, иллюстрация названа им «Сон золотых юнцов. Во время ноябрьского набора». После иллюстрации дан небольшой текст, в котором описывается состояние молодых людей, не желающих идти в солдаты. Им снятся различные вроде бы произошедшие с ними изменения их физиологического состояния, не позволяющие им стать солдатами. Во сне они видят себя больными и страдающими, но это не пугает их и оценивается ими как приятное сновидение. Тяжелые недуги воспринимаются как благо в ирреальной действительности, поскольку в реальной они помогли бы им избежать военной службы. Искаженное и невозможное в реальности физическое состояние призывающихся в солдаты молодых людей, описанное во сне, представляет их сложное внутреннее состояние в связи с призывом и отношением к военной службе (см.: Приложение № 1, пример № 25).

Рассказ «Зеркало»

Сюжет рассказа «Зеркало» разворачивается только в сновидении персонажа. Вынесенное в название рассказа слово «зеркало» обозначает поверхность, особенностью которой является отражение того, что находится перед ней. Зеркало всегда воспринималось и воспринимается человеком как предмет, имеющий сакральный смысл, поскольку человек видит в нем не только настоящее изображение самого себя и окружающего пространства, но и что-то еще, ведь веками люди хотят именно в зеркале увидеть свое будущее. Гадания в истории человечества часто связаны с этим предметом, и своих суженых женщины пытаются увидеть именно в зеркале (иногда поверхность может быть другая, но она должна быть гладкой и отражающей, как зеркало, например, водная поверхность). То, что годами в реальной действительности человек пытается увидеть, узнать, понять свое будущее с помощью другого предмета, в котором оно может быть представлено, находит отражение в художественной литературе. Гадания чаще всего связаны с определенным временем или праздником. В рассказе А. П. Чехова эти привычные в народной культуре верования в магическое действие предмета в определенное время тоже обозначены. В предновогоднюю ночь молодая дочь генерала Нелли, которая мечтает выйти замуж, смотрит в зеркало и видит свою будущую семейную жизнь.

Вход в сновидение в рассказе начинается с описания внешнего вида и сложного внутреннего состояния Нелли, которая «*сидит у себя в комнате и утомленными, полузакрытыми глазами глядит в зеркало. Она бледна, напряжена и неподвижна как зеркало*» (Зеркало, Т. IV, с. 271).

Далее А. П. Чехов вводит ряд однородных членов предложения с обобщающим словом, обозначающих начало сновидения Нелли (см.: Приложение № 1, пример № 26).

Союз «но» в начале отрывка противопоставляет два определения к слову «перспектива», потом этот же союз противопоставляет глаголы при описании физического состояния Нелли («трудно понять, спит или бодрствует, но видит»). Несмотря на описанное уже измененное сознание персонажа подчеркивается возможность персонажа осмыслять происходящее. Нелли видит, слышит, эмоционально переживает и оценивает это происходящее. Отдельные возникающие в ее сознании детали постепенно перерастают в образ суженого, затем в оценку жизни с ним, в которой серый фон определяет эту жизнь. В начале рассказа она видит серое море, жизнь предстает в сером фоне, что постоянно повторяется (словосочетание «серый фон» встречается в рассказе шесть раз). «Серый фон» — фон, на котором разворачиваются все события жизни в будущем с мужем, жизни невыразительной, обыденной, сложной, полной тяжестей и хлопот. Основная часть рассказа посвящена событиям, связанным с болезнью мужа и действиями Нелли, которая искренне хочет ему помочь: она едет за доктором, умоляет его приехать к мужу, несмотря на то, что доктор плохо себя чувствует, и все это происходит в холодную погоду, от которой страдает и Нелли. Осознание происходящего Нелли в сновидении постоянно сопровождает ее, о чем свидетельствуют слова, вводящие сомнения персонажа по поводу увиденного.

«Видит она детей. Тут вечный страх перед простудой, скарлатиной, дифтеритом, единицами, разлукой. Из пяти-шести карапузов, наверное, умрет один» (Зеркало, Т. IV, с. 274).

Представленная в сновидении тяжелая семейная жизнь в конце рассказа заканчивается смертью мужа, и Нелли понимает еще в сновидении бессмысленность такой жизни. Выход из сновидения связан с реальностью, звуком, который разбудил ее, и дальнейшее описание действий и состояния Нелли показывает, как рада она, что все увиденное было только во сне.

«Что-то падает из рук Нелли и стучит о пол. Она вздрагивает, вскакивает и широко раскрывает глаза. Одно зеркало, видит она, лежит у ее ног, другое стоит по-прежнему на столе. Она смотрится в зеркало и видит бледное, заплаканное лицо. Серого фона уже нет. "Я, кажется, уснула..." — думает она, легко вздыхая» (Зеркало, Т. IV, с. 275).

О том, что у Нелли на столе было два зеркала, становится известно только в конце рассказа. Падает одно из них, в котором, видимо, она видела свое будущее и которое дало такую возможность. Во втором зеркале, которое оказалось устойчивым, она видит себя после сновидения в реальной действительности, заплаканной и бледной (бледность отмечена и в самом начале рассказа), но не на сером фоне, он исчезает в реальности. Представленная внутренняя речь Нелли свидетельствует о продолжении оценивания ею сновидения и радостного чувства понимания, что это был сон. Реальная жизнь, которая дала возможность увидеть в сновидении типичное в семейной жизни людей, кажется теперь даже без замужества намного лучше. Реализация мечты в сновидении оказалась не соответствующей ожиданиям Нелли, но представила ей и читателю некоторую обобщенную реальность.

Рассказ «Спать хочется»

Рассказ посвящен тяжелой судьбе девочки Варьки, которую мать из-за нужды отдала чужим людям в няньки. Девочка прислуживает хозяевам, следит за их маленьким ребенком и из-за загруженности у нее нет времени на сон ни днем, ни даже ночью, поскольку ребенок часто плачет и девочка вынуждена постоянно убаюкивать его. В рассказе, включая название, глагол «спать» в сочетании с модальным глаголом «хочется» встречается шесть раз, в сочетании с другими словами и вне сочетания в разных формах — 14 раз («спать», «спать нельзя», «можно спать», «ложиться спать», «крепко спят» и др.). Глагол «спать» употребляется в основном в неопределенной форме, что подчеркивает неосуществимость желания спать. Инфинитив свидетельствует о том, что действие только обозначено, но оно не осуществляется. В этом видят исследователи эстетическую функцию инфинитива глагола «спать», вынесенное и в название рассказа (Сенаторова, 1983, с. 133).

Существительное «сон» встречается три раза в сочетании с

глаголами со значением преодоления или желания («прогнать сон», «пересилить сон», «обещает сон»); существительные «дремота», «полусон», причастие «уснувший» по одному разу.

В рассказе описывается как жизнь девочки у хозяев, так и ее сновидения. Большая часть рассказа (почти половина) посвящена тому, что видит Варька, когда она не может справиться со своим желанием заснуть. Варьке мешает вести нормальный образ жизни невозможность удовлетворить свою естественную потребность в сне, что позволяет считать глаголы «жить» и «спать» контекстными синонимами (Щаренская, 2011, с. 322). Вхождению в сновидение предшествует описание изменения сознания и физического состояния девочки, чему способствуют различные звуки, наполняющие комнату, зеленый свет лампадки и тени от вещей. Все это происходит ночью, когда положено спать и особенно хочется спать (см.: Приложение № 1, пример № 27).

В этой части сновидения представлены ирреальные события, в которых сама девочка является участницей, но она только видит эти события. Варька наблюдает облака, птиц, которые «кричат, как ребенок», крик таким образом перенесен в сон из реальной жизни, действительность не покидает ее и во сне (основная причина невозможности спать в реальной действительности — плач ребенка). Н. В. Семенова обращает внимание на формирование двух тематических цепочек в рассказе, связанных с темами «спать» и «крик», пересекающихся между собой (Семенова, 2011, с. 148 – 150). Невероятными являются действия людей, которые падают в грязь и сладко засыпают в ней.

Девочка вступает в диалог с кем-то из участников этого события и в ответе слышит одно слово «спать», повторяемое дважды. Люди в весьма странных обстоятельствах (ложатся спать в жидкую грязь) делают то, чего очень хочется девочке в реальной действительности.

В продолжении сновидения девочка оказывается в другом пространстве, в своей собственной избе, где живут ее мать Пелагея и отец Ефим. Девочка слышит стоны отца от боли и является свидетельницей тех событий, которые разворачиваются в избе в связи с болезнью отца и его смертью. С момента появления доктора в избе все действия персонажей сновидения (доктора, матери и отца) представлены формами глаголов в настоящем времени: «говорит», «отвечает», «возится», «возвращается», «бросается», «поднимается», «крестится», «шепчет» и др., что способствует их осмыслению как возможных в реальности. Все события в избе: приезд доктора, его диалоги с Пелагей и Ефимом, отъезд отца в больницу — девочка наблюдает как сторонний участник в родительской избе, но в то же время она одновременно в своем сознании не отключена и от событий, которые могут происходить только в хозяйском доме. Это становится понятным из предложения «Где-то плачет ребенок, и Варька слышит, как кто-то ее голосом поет», в котором наречием «где-то» обозначено нечетко воспринимаемое сознанием девочки пространство, местоимением 3-го лица «ее» собственный голос. Затем к ней обращается мать с известием о смерти отца, Варька уже опять находится в своем доме, и после слов уходит из родительского дома в лес. На сложность и неоднозначность структуры повествования в рассказе обращает внимание Е. И. Савченко, считая, что А. П. Чехову удалось приблизить «угол зрения повествователя к углу зрения персонажа, показывая изнутри его внутренний мир с точностью до психологических особенностей» (Савченко, 2011, с. 273).

Сновидение девочки на время прерывается, поскольку хозяин

уличает ее в том, что ребенок кричит, а она спит, она вновь качает колыбель и вновь засыпает: опять видит шоссе в грязи, людей с котомками, себя и в этот раз мать Пелагею. Мать и Варька идут наниматься к хозяину на работу. Сновидение содержит не только ирреальные события, которые в сновидении связаны с реальным желанием девочки выспаться. Жизнь Варьки в своем родном доме до работы у хозяина представлена в сновидении. Описан тот эпизод в жизни семьи, который стал причиной вынужденного ухода из дома — смерть отца.

В рассказах А. П. Чехова, в названиях которых есть слова лексемы с корнем «сон» и лексема «спать» («Сон репортера», «Сон», «Сон золотых юнцов», «Сонная одурь», «Спать хочется») и в рассказе «Зеркало» большая часть содержания рассказа заключена в сновидении персонажа. Сновидение позволяет представить определенный сюжет, в котором одним из действующих лиц является персонаж. В ирреальной действительности находит отражение в том числе и реальная действительность. Сновидение может изменить взгляд персонажа на жизнь, на жизненные ценности, представить персонажа либо искренним, либо лживым, либо безответственным.

2. Структура и содержание сюжетных сновидений: свернутые сновидения и развернутые сновидения

Свернутые сновидения

В прозе А. П. Чехова сновидения в некоторых произведениях представлены фрагментом текста, в котором сюжет не развернут как событийный ряд последовательных друг за другом действий участников сновидения. Описание событий дано сжато, действий персонажи осуществляют мало, речи персонажей в сновидении не раскрыты, глагол говорения обозначает только факт произнесения речи. Персонаж, видящий сон, может быть или не быть участником сновидения.

Рассмотрим сюжетные сновидения со свернутой сюжетной линией. В рассказе «Кухарка женится» семилетний Гриша находится под большим впечатлением в связи с событиями, происходящими в доме: кухарку выдают замуж. В доме появляются новые люди, это событие обсуждается за обедом, кухарка плачет. Гриша пытается осмыслить происходящее и никак не может понять, зачем кухарке выходить замуж, переживает, жалеет ее. После услышанного им разговора няньки и кухарки о предстоящей свадьбе он засыпает и видит сон, в котором происходит ирреальное событие: кухарку Пелагею похищают сказочные герои Черномор и ведьма.

«*Заснувши после этого, Гриша видел во сне похищение Пелагеи Черномором и ведьмой*» (Кухарка женится, Т. IV, с. 138).

Во фрагменте неразвернутая во времени сюжетная линия представлена отглагольным существительным «похищение». В сновидении ребенка соединены реальный персонаж, ирреальные персонажи, о которых до сновидения в рассказе ничего не сообщается. В сновидении сказочные герои, с которыми знакомится мальчик при чтении ему сказок, возникают в его сновидении и, видимо, «спасают» Пелагею от нежелаемого события, как считает Гриша. Внутреннее детское опасение находит разрешение во сне.

В рассказе «Тайна» статский советник Навагин постоянно видит у себя дома незнакомую фамилию «Федюков» в списке, на котором расписываются визитеры перед праздниками. В связи с тем, что Навагин не знает человека с такой фамилией, он пытается вспомнить, кто бы это мог быть, и очень переживает. Жена предполагает, что это связано с чем-то сверхъестественным. Переживания сопровождают Навагина постоянно, он думает, что, возможно, это даже дух, а не человек, и во сне он видит незнакомого ему чиновника неприятной наружности, который что-то говорит. Неизвестность и переживания в реальности приводят к появлению в сновидении Навагина странного человека, которого он не знает в реальной действительности. Действия этого человека не описаны подробно, они представлены глаголами «говорить», «грозить». Содержание речи не раскрыто, поскольку выражено неопределенным местоимением «что-то», речь сопровождается невербальным компонентом угрожающего характера.

«Всю ночь Навагину снился старый, тощий чиновник в потертом вицмундире, с желто-лимонным лицом, щетинистыми волосами и оловянными глазами; чиновник говорил что-то могильным голосом и грозил костлявым пальцем» (Тайна, Т. VI, с. 150).

Персонаж рассказа «Обыватели», поляк Иван Казимирович

Ляшкевский, отставной поручик, пригласил в гости архитектора города немца Франца Степаныча Финкса. Ляшкевского очень раздражает хозяин, обыватель у которого он снимает квартиру, поскольку, по его мнению, он ничего не делает. Свое недовольство бездеятельностью хозяина он высказывает громко, чтобы это слышал сидящий под окном хозяин. Финкс поддерживает мнение Ляшкевского и рассуждает о ленивости русского человека. Сами они, рассуждая об этом, ничего полезного не делают, едят, играют в карты, Финкс опаздывает в гимназию. Когда гость уходит поздно вечером, Ляшкевский раздражен всем: тем, что Финкс был у него весь день, тем, что ему мешает кресло, что вылезла пружина из матраца. Раздражающие бытовые мелочи, видимо, только завершают его общее недовольство безделием других людей, однако своего безделия он не замечает. В конце рассказа поляк видит сон, в котором это накопившееся раздражение выливается в невероятное событие. Он совершает во сне по отношению к другим ужасное действие.

«*Засыпает он к полночи, и снится ему, что он обливает кипятком обывателей, Финкса, старое кресло...*» (Обыватели, Т. VI, с. 196).

Люди и предметы в сновидении персонажа реальные, те, которые окружали его весь день, но само действие Ляшкевского из ряда ирреальных. Оно подтверждает, что существующее в реальности внутреннее состояние негативного характера во сне может привести к действиям, которые подчеркивают дневную агрессивность.

В рассказе «В усадьбе» представлена беседа хозяина усадьбы Павла Ильича Рашевича и его гостя, судебного следователя Мейера, который часто бывал у Рашевича в гостях и которого Рашевич рассматривал как возможную партию для старшей дочери, рассчитывая избавиться таким образом от хозяйственных хлопот и долгов.

Рашевич эмоционально рассуждает на тему интеллектуального превосходства дворянства, противопоставляя «белую кость» другим людям — «чумазому» или «кухаркиному сыну».

«— *Давайте мы все сговоримся, что едва близко подойдет к нам чумазый, как мы бросим ему прямо в харю слова пренебрежения: "Руки прочь! Сверчок, знай свой шесток!" Прямо в харю!* — продолжал *Рашевич с восторгом, тыча перед собой согнутым пальцем.* — *В харю! В харю!*» (В усадьбе, Т. VIII, с. 339).

Мейер, сказав, что его отец был мещанином и что он не сможет так вести себя, простился и уехал. Рашевич был раздосадован сложившейся ситуацией и понимал, что вряд ли Мейер еще когда-нибудь приедет к нему в гости и что дочери будут обижены на него из-за его неблагородного поведения и нанесения обиды Мейеру. Во сне он увидел себя, произносящего то, что он говорил вслух в беседе с Мейером.

«— *Экая история, господи…* — *бормотал Рашевич, вздыхая и поворачиваясь с боку на бок.* — *Нехорошо!*

Во сне его давил кошмар. Приснилось ему, будто сам он, голый, высокий, как жираф, стоит среди комнаты и говорит, тыча перед собой пальцем:

— *В харю! В харю! В харю!*» (В усадьбе, Т. VIII, с. 341).

Реальные события — разговор с Мейером и грубая фраза «В харю!», произнесенная Рашевичем во время разговора, переживание Рашевича в связи с отъездом гостя стали причиной сновидения, в котором он сам представлен в виде животного, произносящего три раза одну и ту же фразу, столько же он произносил ее и в реальном общении. Во сне с Рашевича сняты все одежды, представлено животное начало и таким образом вновь «вскрыто» его миропонимание.

Сравнение Рашевича с животным есть и в реальной действительности, его так называют в уезде из-за его поведения и так его обзывают дочери, что он случайно услышал.

В рассказе «Цветы запоздалые» обедневшая семья Приклонских состоит из княгини и ее двух детей — Маруси и Егорушки. Егорушка, обожаемый матерью и сестрой, ведет разгульный образ жизни, не считаясь с положением семьи и не обращая особого внимания на просьбы матери и сестры исправиться. Иногда Егорушка обещает вести себя достойно, мать и сестра верят ему, что находит отражение в их беседах и сновидениях.

После того, как Егорушка обещает исправиться, мать и Маруся долго обсуждают будущее, мечтают о новой жизни. Их желания и мечты передаются и во сне. Сначала, после разговора, сны княгини и Маруси характеризуются определением, выраженным аналитической формой превосходной степени прилагательного «восхитительные» и краткой формой имени прилагательного «хороший» в роли именной части сказуемого. Обе они мечтали о новой жизни, и обеим снятся сны одинакового качества, в которых они уже «видят» эту новую жизнь. Это видение сопровождается у обеих невербальным компонентом — улыбкой, которая представляет обычную для данного невербального компонента реакцию — положительного отношения к тому, что осмысляется.

«*Уложив друг друга в постель, они еще долго толковали о прекрасном будущем. Сны снились им, когда они уснули, самые восхитительные. Спящие, они улыбались от счастья — так хороши были сны!*» (Цветы запоздалые, Т. Ⅰ, с. 395).

Затем представлены сновидения каждого персонажа. В сновидении княгини сюжет потенциально выводится из названия мундира, в котором она видит карьерный рост сына, чего нет в реальности. Маруся является участницей своего сновидения, в котором Егорушка произносит речь. Содержание речи не описывается, дана только положительная реакция Маруси на это выступление. Речь Егорушки ей понравилась, поскольку Маруся в знак одобрения ей аплодировала и улыбалась.

«*Часа в три ночи, как раз именно в то время, когда княгине снился ее bébé в блестящем генеральском мундире, а Маруся аплодировала во сне брату, сказавшему блестящую речь, к дому князей Приклонских подъехала простая извозчичья пролетка*» (Цветы запоздалые, Т. I, с. 395).

Все прекрасные сновидения княгини и Маруси рушатся, поскольку Егорушку привезли домой мертвецки пьяным. Сновидения, основанные на обещаниях Егорушки вести порядочную жизнь, являются продолжением реальности, а именно лживых обещаний сына и брата. Сновидения основаны на вере любящих людей, в них представлены мечты в то, что родной человек не может обманывать и может исправиться. Но ирреальные события (карьерный рост, блестящая речь) могут быть только во сне и не реализуются в жизни.

Герой рассказа «В ссылке», будучи в ссылке, скучает по дому, по жене, и во сне ему снится прежняя жизнь, бывшая реальность, которая противопоставлена нынешней. В начале текстового фрагмента в мыслях персонажа перечисляются реалии нынешней тяжелой жизни персонажа, и эти реалии осмысляются персонажем с помощью введения вводного слова «вероятно» сном, то есть в мыслях ссыльный надеется, что все это ирреальность. Затем предложение «Он чувствовал, что спит...», с одной стороны, указывает на состояние сна персонажа, с другой стороны, на ощущение им самим нахождения в состоянии сна и возможности слышать себя. После многоточия с вводного слова

« конечно », имеющего значение уверенности, достоверности, начинается сновидение ссыльного татарина. В сновидении он находится в пространстве своего дома, после чего описываются потенциальные события: возможный диалог с женой и надежда увидеть мать. Многоточием заканчивается фрагмент со сновидением. Это сновидение оценивается в мыслях персонажа перед окончательным выходом из сна как «страшный» сон, поскольку персонаж понимает невозможность в ближайшее время осуществления того, что он видел во сне (см. : Приложение № 1, пример № 28).

В повести «Дуэль» Лаевский и фон Корен настолько не понимают и не принимают друг друга, что даже участвуют в дуэли, отдавая отчет в ее «архаичности и жестокой нелепости» (Ищук-Фадеева, 1999, с. 49). Фон Корен, ненавидевший Лаевского и обличающий его во всем, в своей речи, обращенной к доктору Самойленко и дьякону, говорит о том, что Лаевский рассказывал ему о своих снах. Эти пересказанные фон Кореном сновидения Лаевского содержат не сами события, которые полностью абсурдны, а их констатацию. Их никак нельзя соотнести ни с какими жизненными реалиями, в том числе и с рассказом о снах самого Лаевского. Они представляют, видимо, только отрицательное отношение одного персонажа к другому, поскольку субъекты и их действия в сновидении являются придуманными фон Кореном. Фон Корен часто употребляет из-за своей неприязни по отношению к Лаевскому «убийственные высказывания» (Толстая, 2002, с. 166), к которым можно отнести и содержание сновидения Лаевского, рассказанного фон Кореном.

«А сны! Он рассказывал вам свои сны? Это великолепно! То ему снится, что его женят на луне, то будто зовут его в полицию и приказывают ему там, чтобы он жил с гитарой...» (Дуэль, Т. VII, с. 372) .

В повести « Дуэль », как считает В. Б. Катаев, зоолог фон Корен « несомненно, прямее, правдивее, полезнее для общества, чем его антипод Иван Лаевский » (Катаев, 2018, с. 62). Но примирение в конце повести фон Корена и Лаевского, фраза фон Корена *Никто не знает настоящей правды* (Дуэль, Т. VII, с. 453) и осмысление ее Лаевским после примирения свидетельствует о глубоком внутреннем понимании обоими их прежнего противостояния (Линков, 1971).

Персонажи рассказа « Конь и трепетная лань » — супруги Фибровы — живут очень бедно, так как муж, который работает репортером, много пьет. Жена недовольна, мечтает о другой жизни в провинции и просит мужа согласиться уехать, чтобы начать другую жизнь. Ее мечты о лучшей жизни, где есть свое хозяйство, спокойствие, достойное выполнение служебных обязанностей мужем, реализуются только в сновидении (см. : Приложение № 1, пример № 29).

Вхождение в сновидение начинается с проговаривания персонажем своей мечты, затем глагол « снится » вводит в сновидение сначала наименования объектов сна, затем характеристику пространства, которая существенно отличается от пространства в реальности, и мужа, который идет на службу. Работа мужа — это основная надежда жены, в сновидении обозначен только процесс его движения на работу.

Сон-мечта Катюши не становится реальностью, поскольку жена видит, что муж ушел на работу и придет, как она понимает, опять в нетрезвом виде и ничего не будет меняться в действительности. События в реальности и события в сновидении противопоставлены в рассказе, что подчеркивает безысходность сложившегося положения в реальной жизни персонажей.

В сновидениях со свернутыми сюжетами персонажи могут быть участниками сновидения в качестве наблюдателя («Кухарка женится», «Тайна», «Конь и трепетная лань», княгиня в рассказе «Цветы запоздалые»), непосредственного участника сновидения («Обыватели», «В ссылке», Маруся в рассказе «Цветы запоздалые», «В усадьбе»), не иметь отношения в качестве участника к сюжету сновидения («Дуэль»). Неразвернутая событийность может быть представлена глаголами говорения без передачи содержания речи, отглагольными существительными, обозначающими процесс, повторением в речи того, о чем говорили в реальной жизни, предположительным общением с другими персонажами, наименованием отдельных действий персонажей или предметов, предполагающих какие-то действия. Свернутые сюжетные сновидения основаны на событиях реальной жизни персонажей. Эти события вызывают у них разные внутренние переживания. Возникающие у персонажей чувства жалости, страха, боязни, ненависти, любви находят отражение в сновидениях, соединяющих реальность с ирреальностью.

Развернутые сновидения

Сновидения могут включать разное количество персонифицированных и неперсонифицированных участников, которые совершают ряд последовательных действий, участвуют в общении с другими героями сновидений, размышляют о разных явлениях в сновидении. Персонаж, который видит сон, не всегда является участником событий.

Рассмотрим несколько рассказов с развернутыми сновидениями.

В рассказе «Гусев» главный персонаж, фамилия которого вынесена в название — солдат-денщик, возвращающийся домой после пятилетней службы на Дальнем Востоке. Он неизлечимо болен чахоткой, как и некоторые другие пассажиры на пароходе. Его физиологическое состояние очень тяжелое, и он бредит. Состояние бреда вводится в текст глаголом «рисуется», то есть представляется в воображении. В бреду Гусеву видятся родственники, а затем уже ирреальные субстанции (бычья голова без глаз) возникают в его больном сознании (см.: Приложение № 1, пример № 30).

А. П. Чехов дважды описывает бред Гусева, но в тексте нет указания на состояние сна, эти видения появляются у больного человека, который в связи со своим физиологическим состоянием находится в полузабытьи. В последней части рассказа вводится сон Гусева, который содержит ирреальное событие: он залезает в печь, из которой недавно достали хлеб.

«*Гусев возвращается в лазарет и ложится на койку. По-прежнему томит его неопределенное желание и он никак не может понять, что ему нужно. В груди давит, в голове стучит, во рту так сухо, что трудно пошевельнуть языком. Он дремлет и бредит и, замученный кошмарами, кашлем и духотой, к утру крепко засыпает. Снится ему, что в казарме только что вынули хлеб из печи, а он залез в печь и парится в ней березовым веником. Спит он два дня, а на третий в полдень приходят сверху два матроса и выносят его из лазарета*» (Гусев, Т. VII, с. 338).

Описанное событие в сновидении, видимо, предсказывает конец жизни солдата. Ирреальным является место пребывания человека — печь и соответственно все дальнейшие действия в ней. Н. М. Щаренская считает, что эти действия персонажа во сне символизируют его очищение перед смертью (Щаренская, 2009, с. 355). Глагол «спит» в сочетании с продолжительностью процесса «два дня» означает «смерть», что подчеркивается в сложносочиненном предложении глаголом «выносят» во второй части.

В повести «Три года» Юлия Белавина, временно приехавшая в родной город из Москвы, куда она переехала к Лаптеву, выйдя за него замуж без любви, видит похоронный процесс (см. : Приложение № 1, пример № 31).

Общая картина родного города воспринимается Юлией негативно, что создается именами-прилагательными, определяющими пространство города (улицы — «пустынные», «безлюдные»; дома «маленькие»). Такое восприятие связано с уже освоенным Юлией другим пространством — Москвой. В ее восприятие города включена похоронная процессия, встреча с которой тем не менее не пугает Юлию, она размышляет об этом как положительной примете в традиционном представлении. После разговора с отцом Юлия вечером, одевшись нарядно, идет на всенощную. Описание ее восприятия всенощной отличается от ее наивно-восторженного восприятия этого события, которое описано в самом начале повести. Теперь она не могла дождаться конца службы, боялась, что нищие будут просить подаяние. Юлия уже была состоятельной женщиной и не держала в карманах мелких денег, которые обычно подают нищим. Вернувшись после всенощной домой к отцу, она легла спать, заснула не сразу, и некоторые дневные события, о которых она размышляла, включены в ее сновидение.

«Легла она в постель рано, а уснула поздно. Снились ей все какие-то портреты и похоронная процессия, которую она видела утром; открытый гроб с мертвецом внесли во двор и остановились у двери, потом долго раскачивали гроб на полотенцах и со всего размаха ударили им в дверь. Юлия проснулась и вскочила в ужасе. В самом деле, внизу стучали в дверь...» (Три года, Т. IX, с. 64).

В сновидении похоронная процессия как событие, увиденное Юлией в реальности, соединена пространственно с ее домом, чего не было в действительности, как и действия — раскачивание гроба и удара гробом о дверь дома. Гроб как атрибут смерти во сне внушает видящему сон страх. От ужаса увиденного Юлия проснулась. Звук удара во сне как явление ирреальное, сновидческое, соединяется с реальным звуком — стуком в дверь, который воспринимается Юлией как во сне, так и наяву. Удар в дверь и звук в дверь соединяют две реальности. В реальности в дверь дома стучали те люди, которые доставили Юлии телеграмму от друзей из Москвы, после чего она с радостью собрала вещи и уехала из родного города, хотя планировала быть с отцом две-три недели. Серый, скучный уже для нее родной город, новое, невосторженное восприятие церковной службы, страшный сон — все вызывает у Юлии отрицательное отношение к прошлому. Потенциально счастьем может быть только другая жизнь, и телеграмму можно, видимо, оценить как то счастье, о котором подумала Юлия при встрече похоронной процессии. Телеграмма дала возможность быстро уехать и продолжать вести другой образ жизни.

В повести «Три года» есть сюжетное сновидение, связанное с желанием Ярцева, одного из персонажей, друга Лаптева, написать историческую пьесу. В реальности он ее не написал, но во сне некоторые эпизоды возможной пьесы ему приснились. Сам он не является персонажем приснившихся эпизодов. В сновидении реализуется реальное желание Ярцева проявить себя как творческую личность. Во время сновидения Ярцев размышляет над некоторыми приснившимися ему эпизодами, в том числе в его осмыслении сна есть слово «половцы». Этот этноним-историзм связан не с конкретным объектом окружающей действительности, а с содержанием сна, в котором нашло отражение желание Ярцева написать пьесу из времен Мономаха или Ярослава. А. В. Ваганов считает, что это сновидение свидетельствует о том, что, с одной стороны, Ярцев остро и живо переживает исторические события. С другой стороны, мысль о набеге в сновидении можно соотнести с мыслью Ярцева о возможных исторических испытаниях в будущем, о чем он говорит в беседе со своим другом Кочевым (Ваганов, 2016, с. 314). На скрытую связь между содержанием сна Ярцева, в котором представлен набег половцев, и словами Ярцева о будущих страданиях, ожидающих Москву, обратил внимание А. М. Турков (Турков, 1980, с. 285).

«Он дремал, покачивался и все думал о пьесе. Вдруг он вообразил страшный шум, лязганье, крики на каком-то непонятном, точно бы калмыцком языке; и какая-то деревня, вся охваченная пламенем, и соседние леса, покрытые инеем и нежно-розовые от пожара, видны далеко кругом и так ясно, что можно различить каждую елочку; какие-то дикие люди, конные и пешие, носятся по деревне, их лошади и они сами так же багровы, как зарево на небе: «Это половцы», — думает Ярцев. Один из них — старый, страшный, с окровавленным лицом, весь обожженный — привязывает к седлу молодую девушку с белым русским лицом. Старик о чем-то неистово кричит, а девушка смотрит печально, умно... Ярцев встряхнул головой и проснулся... Расплачиваясь с извозчиком и потом поднимаясь к себе по лестнице, он все никак не мог очнуться и видел, как пламя перешло на деревья, затрещал и задымил лес; громадный дикий кабан, обезумевший от ужаса, несся по деревне... А девушка, привязанная к седлу, все смотрела...» (Три года, Т. IX, с. 71–72).

Сновидение настолько встревожило Ярцева, что он и после того, как проснулся, «видел» его продолжение. Это свидетельствует о глубоком погружении персонажа в содержание сновидения, в котором реализуется его возможность создания исторического произведения.

В рассказе «По делам службы» молодой следователь Лыжин и доктор Старченко, долго добираясь в метель, приехали на вскрытие и остановились на ночлег в земской избе, где находился труп. Условия для ночлега в избе были плохими: темные стены, холод, грязь, тараканы, и это никак не было похоже на то, к чему они привыкли. Доктор Старченко уезжает, а Лыжин, оставшись сначала в избе, долго беседует с сотским Лошадиным и узнает многое о его тяжелой жизни и о жизни самоубийцы, страхового агента Лесницкого, у которого все забрали за долги отца. Но Лыжину надоело слушать сотского, и он думал о том, что здесь жить невозможно, что сам он может жить только в Москве и что эти люди, истрепанные обстоятельствами, так и будут здесь жить этой никчемной жизнью. Лыжин уехал затем вместе с доктором в дом фон Тауница, чтобы переночевать в хороших условиях. Но и поужинав, потанцевав, находясь в светлых, чистых и теплых комнатах, Лыжин не мог понять, как можно жить в такой глуши, вдали «от культурной среды». Его раздражал фон Тауниц, который все время вспоминал об умершей два года назад жене, свежая и теплая постель ему казалась неудобной. В сновидении он видит Лошадина и Лесницкого, которые говорят о своих жизненных тяготах, тем самым предоставляя возможность другим такие тяготы не переносить. Фрагмент текста со сновидением начинается с характеристики состояния сна и содержит глаголы, обозначающие продолжение мыслительной деятельности Лыжина во сне. При этом обращается внимание на то, что во сне Лыжин мысленно возвращается к прежнему месту, к избе, в которой был покойник (Лесницкий) и в которой он долго беседовал с сотским (Лошадин) (см.: Приложение № 1, пример № 32).

Сон, который видит Лыжин, и состояние этого персонажа во сне, аналогично состоянию и сновидению героя рассказа «Сон»: это сон, активизирующий человеческую чуткость, совесть — «чуткий» сон. В рассказе «По делам службы» соответствующее состояние героя передается посредством наречием «непокойно», определяющим качество сна («спал непокойно»). Все усилия фон Тауница были направлены на то, чтобы усыпить Лыжина, заставить его забыть об общей беде, о страданиях людей. Такой сон был бы равносилен метафорической смерти — утрате всякой способности к эмпатии. Очевидно, что такой смысл должно было бы выразить наречие «покойно». Однако антонимичное наречие с отрицательной частицей как раз показывает неуснувшую, пробудившуюся, живую чуткость персонажа. Лыжин, проснувшись, продолжал осмыслять сон, определив его как «смутный, нехороший». Такое определение по смыслу аналогично оценке «чуткого» сна героем рассказа «Сон» как кошмара. Однако Лыжин, увидев жизнь в своем сне, все же делает правильные оценки: жизнь приснившихся ему людей казалась ему связанной как между собой, так и со всеми другими жизнями, поскольку эти жизни — «части одного организма, чудесного и разумного».

«То, что они пели, и раньше приходило ему в голову, но эта мысль сидела у него как-то позади других мыслей и мелькала робко, как далекий огонек в туманную погоду. И он чувствовал, что это самоубийство и мужицкое горе лежат и на его совести; мириться с тем, что эти люди, покорные своему жребию, взвалили на себя самое тяжелое и темное в жизни — как это ужасно!» (По делам службы, Т. X, с. 100).

В сновидении на основе реальных явлений, в которых находился Лыжин (самоубийство Лесницкого, разговор с Лошадиным, его мысли и раздражение после беседы с сотским, метель), представлены ирреальные события. Два персонажа становятся в сновидении живыми и произносящими один текст, передающий напоминание о своей трудной жизни и ее роли в создании более благополучной жизни другим. К такому осмыслению разных жизней и взгляда на них Лыжин еще не пришел в реальности, он приходит к нему после сновидения. Таким образом, сновидение играет важную роль в переосмыслении представлений Лыжина о жизни, о ее сложности, о ее многообразии.

В рассказе «В аптеке» учитель Егор Алексеич Свойкин, заболев и получив рецепт от доктора, приходит в аптеку, чтобы заказать лекарство. Он ждет час, но не получает лекарство, так как у него не хватает шести копеек, чтобы расплатиться. Провизор, не обращая внимания на плохое самочувствие посетителя, не отдает ему лекарство, и учитель вынужден пойти домой за деньгами. Дома Свойкин из-за плохого самочувствия засыпает, и ему снится то, что должно было бы произойти в реальности. Вход в сновидение подтверждает болезненное состояние Свойкина, поскольку он не может контролировать свою болезнь.

«Свойкин вышел из аптеки и отправился к себе домой... Пока он добрался до своего номера, то садился отдыхать раз пять... Придя к себе и найдя в столе несколько медных монет, он присел на кровать отдохнуть...Какая-то сила потянула его голову к подушке... Он прилег, как бы на минутку... Туманные образы в виде облаков и закутанных фигур стали заволакивать сознание... Долго он помнил, что ему нужно идти в аптеку, долго заставлял себя встать, но болезнь взяла свое. Медяки высыпались из кулака, и больному стало сниться, что он уже пошел в аптеку и вновь беседует там с провизором» (В аптеке, Т. IV, с. 57).

Предложение «Какая-то сила потянула его голову к подушке» информирует читателя о том, что персонаж уже не может совершать контролируемые действия в связи с наступающим болезненным состоянием, но при этом мысль о том, что ему нужно все-таки приобрести в аптеке лекарство, долго не оставляет его («долго он помнил»). Вхождение в состояние сна описывается также с помощью словосочетаний «туманные образы», «закутанные фигуры», «заволакивать сознание», лексемы «облака», дающие представление о вовлечении сознания персонажа в другую реальность, в которой персонаж входит не по своей воле. Нереализованное в реальности событие — приобретение лекарства в аптеке описано во сне как потенциальное событие. В данном фрагменте текста болезненное состояние персонажа передается также графически, после шести предложений во фрагменте стоит многоточие, помогающее писателю передать, а читателю понять состояние персонажа.

Рассказ «Аптекарша» начинается с описания сна, которым охвачены все жители города.

«*Городишко Б., состоящий из двух-трех кривых улиц, спит непробудным сном*» (Аптекарша, Т. Ⅴ, с. 192).

Персонаж рассказа, провизор Черномордик, видит во сне то, о чем он мечтает.

«*Сзади, в нескольких шагах от аптекарши, прикорнув к стене, сладко похрапывает сам Черномордик. Жадная блоха впилась ему в переносицу, но он этого не чувствует и даже улыбается, так как ему снится, будто все в городе кашляют и непрерывно покупают у него капли датского короля. Его не разбудишь теперь ни уколами, ни пушкой, ни ласками*» (Аптекарша, Т. Ⅴ, с. 192).

Содержание сна представляет собой сюжет, связанный с делом персонажа: он провизор. Сон отражает внутренний мир героя, который думает лишь о своих заработках. Так как заработки провизора зависят от состояния здоровья потенциальных клиентов, то Черномордик видит

во сне, что все жители города больны — кашляют — и соответственно
покупают у него лекарственные препараты — эликсир, известный под
названием «Капли датского короля». Сюжет сна представляет собой
одно постоянное, непрерывающееся действие, на что указывает наречие
«непрерывно» и глаголы несовершенного вида — «кашляют»,
«покупают». Здесь также важно определение тех, кто осуществляет
постоянный процесс — «все в городе». Само количество клиентов
Черномордика невелико, о чем свидетельствует пространственная
характеристика города, данная в начале рассказа: город «из двух-трех
кривых улиц». Непрерываемость процесса обусловлена, таким образом,
тем, что в аптеку приходят одни и те же лица, приходят бесконечное
число раз. Количество посещений измеряется длительностью сна
провизора. Длительность сна определяется невозможностью разбудить
спящего. Сон провизора бесконечен, о чем говорит, во-первых, фраза,
характеризующая сон персонажа в начале рассказа: «Его не разбудишь
теперь ни уколами, ни пушкой, ни ласками». Во-вторых, на
бесконечность сна указывает то, что провизор, оторванный от сна
визитом ночного клиента, в конце рассказа возвращается ко сну: «И
тотчас же засыпает». Эта фраза завершает рассказ и показывает, что
прежний сон (сновидение) вновь продолжается: провизор снова будет
видеть жителей города, совершающих нескончаемые покупки эликсира,
который должен излечивать кашель. Отметим, что длительность и
непробудность сна провизора соответствует сну жителей города:
«Городишко Б. …спит непробудным сном». Так начинается рассказ.
Это позволяет сопоставить содержание сна провизора и состояние
жителей: они, погруженные в сон, являются героями его сновидения.
Содержание сна очень приятно для провизора и показывает, в чем
заключается для персонажа смысл его работы: он не хочет видеть

людей, выздоравливающих от его лекарств, напротив, он заинтересован в неизлечимости болезни, так как это дает ему деньги. Таким образом деятельность провизора, естественно, оценивается негативно, и одним из средств оценки является говорящая фамилия героя, которая намекает на его звериную (собачью) натуру — Черномордик.

«Собачью» суть персонажа подтверждает и такая деталь: ему в переносицу впилась блоха. Другим средством оценки персонажа является сам непрекращающийся сон, который, очевидно, проецируется на всю его жизнь. Исключительно важно также описание спящего: он улыбается и храпит. Улыбка показывает удовольствие, которое он получает от содержания своего сна. Храп также свидетельствует о приятности сна для спящего. Соответственно, эта деталь получает определение — наречие «сладко»: «сладко похрапывает», «храпит по-прежнему сладко и улыбается». Храп — метонимическая деталь, которая часто в прозе А. П. Чехова свидетельствует о негативной авторской оценке персонажа. Улыбка в анализируемом рассказе порождает контраст по отношению к содержанию сна, но соответствует храпу как знаку, сигнализирующему об отрицательном освещении персонажа.

В рассказе «Ванька» девятилетний мальчик Ваня Жуков, отданный в Москву в обучение к сапожнику и переживающий голод, наказания, пишет письмо любимому дедушке в надежде на то, что дедушка заберет его домой. Письмо наполнено разными интонациями. Мальчик умоляет, убеждает, жалуется, обещает впредь вести себя хорошо. В письме переданы «нюансы детской психологии, состояние души, исполненной отчаяния» (Руднева, 2010, с. 149). Ванька описывает свои новые впечатления, связанные с городской жизнью, которая расширяет сферу его обитания и удивляет его. Но новая жизнь все равно представляется кошмаром, и мальчик с тоской вспоминает жизнь в деревне. Мысли о доме и просьбы, изложенные мальчиком в письме, являются мечтой и так заполняют сознание ребенка, что через некоторое время он начинает верить в их исполнение («убаюканный сладкими надеждами») и засыпает.

«Убаюканный сладкими надеждами, он час спустя крепко спал... Ему снилась печка. На печи сидит дед, свесив босые ноги, и читает письмо кухаркам... Около печи ходит Вьюн и вертит хвостом...» (Ванька, Т. V, с. 481).

Мальчик видит во сне то пространство, которое для него привычно, в котором он жил прежде, и видит тех же самых людей и любимую собаку, то есть все то и всех тех, что является для него теперь идиллией. Но процесс чтения письма — сюжет ирреальный; письмо, как понимает читатель, не дойдет до адресата, поскольку детский адрес «На деревню дедушке» — адрес — в никуда. Ребенок только во сне уверен в удачном исходе своего письменного обращения. Жизнь ребенка не изменится, и то, что Ваня видел во сне, не может осуществиться. Сновидение мальчика и жизнь мальчика противопоставлены друг другу, надежды на другую жизнь могут быть только во сне.

В повести «Живой товар» сюжетное сновидение видит Лиза, сбежавшая с любовником от мужа и постоянно мечтающая о любви. Фрагмент текста, представляющий сновидение Лизы, имеет смысловую структуру, включающую пять частей: описание вхождения в сновидение; характеристика сновидения; сюжет в сновидении, куда включены Лиза и те мужчины, которые были главными в ее жизни; оценка и отношение к увиденному; выход из сновидения (см.: Приложение № 1, пример № 33).

Вхождение в сновидение начинается с описания обычных действий человека, который готовится ко сну, но метафора «порхнула под одеяло» уже дает характеристику Лизы, как и информация о времени, которое она проводила во сне. Предложение с глаголом «сибаритничать» подводит итог ее праздному поведению, проявляющемуся здесь в отношении к времени сна. Вхождение в сон представлено устойчивым выражением «Морфей принял в объятия», обозначающим сон со сновидениями. Вторая смысловая часть данного фрагмента дает временную (вся ночь) и эмоциональную («обворожительные») характеристику сновидениям Лизы. Описание сюжетных сновидений сначала подчеркивает их общую событийность, так как слова «повесть», «роман», «сказка» объединены сюжетным развитием, словосочетание «арабская сказка» обозначает, видимо, что-то невероятное и особенное. Основным персонажем этих сновидений был человек в цилиндре, это тот человек, которого Лиза увидела перед сном на соседней даче, но только после этих сновидений убедилась, что это Бугров, ее муж. В сновидении человек в цилиндре совершает много разноплановых (положительных и отрицательных) действий в отношении всех участников сновидения, что представлено рядом однородных сказуемых, выраженных глаголами несовершенного вида. Четвертая часть (начинается с предложения «О, сны!») включает оценку снов, которую можно отнести одновременно как к точке зрения повествователя, так и к точке зрения персонажа. В пятой части описан выход из сновидения, характеризующийся необычным временем пробуждения (в восьмом часу, а не в десять, как указано в начале), поспешностью действий Лизы (не надела любимые туфли и быстро выбежала на террасу), которые связаны с тем, чтобы убедиться в герое сна, в его реальности. До сновидения она сомневалась в том, кто приехал на соседнюю дачу, но тем не менее при виде этого человека до сновидения, она «взвизгнула», то есть внезапно вскрикнула от увиденного. Но ее сомнения развеялись только после сновидения, в котором увиденный ею ранее человек с соседней дачи был участником событий в сновидении. Его действия в сновидении убедили ее в его реальности, в том, что ее предчувствия ее не обманули. Ирреальные события стали основанием ее убеждения. Его действия в сновидении были странными, поведение по отношению к другим персонажам, мальчику и Грохольскому, грубым, резким, раздражительным («сек», «бил»). В отношении Лизы он вел себя по-разному, поскольку он ее не только бил, но и объяснялся в любви и катал на шарабане. Это сновидение дает возможность читателю понять взаимоотношения Лизы с мужем в прошлом и проецирует их отношения в будущем.

В рассказе «Учитель словесности» в первой главе кроме счастливых моментов жизни, связанных с влюбленностью, Никитин испытал и отрицательные эмоции из-за того, что он признался в том, что не читал Лессинга. Это случилось после разговора во время чаепития в доме Шелестовых, где присутствовало местное сообщество. Диалог Никитина и Шебалдина, директора городского кредитного общества, явился причиной внутренней рефлексии Никитина (см.: Приложение № 1, пример № 34).

В сюжетном сновидении находят отражение как положительное, так и отрицательное восприятие действительности Никитиным.

«И, досадуя, что он не объяснился еще с Манюсей и что ему не с кем теперь поговорить о своей любви, он пошел к себе в кабинет и лег на диван. В кабинете было темно и тихо. Лежа и глядя в потемки, Никитин стал почему-то думать о том, как через два или три года он поедет зачем-нибудь в Петербург, как Манюся будет провожать его на вокзал и плакать; в Петербурге он получит от нее длинное письмо, в котором она будет умолять его скорее вернуться домой. И он напишет ей... Свое письмо начнет так: милая моя крыса...

— Именно, милая моя крыса, — сказал он и засмеялся.

Ему было неудобно лежать. Он подложил руки под голову и задрал левую ногу на спинку дивана. Стало удобно. Между тем окно начало заметно бледнеть, на дворе заголосили сонные петухи. Никитин продолжал думать о том, как он вернется из Петербурга, как встретит его на вокзале Манюся и, вскрикнув от радости, бросится ему на шею; или, еще лучше, он схитрит: приедет ночью потихоньку, кухарка отворит ему, потом на цыпочках пройдет он в спальню, бесшумно разденется и — бултых в постель! А она проснется и — о радость!

Воздух совсем побелел. Кабинета и окна уж не было. На крылечке пивоваренного завода, того самого, мимо которого сегодня проезжали, сидела Манюся и что-то говорила. Потом она взяла Никитина под руку и пошла с ним в загородный сад. Тут он увидел дубы и вороньи гнезда, похожие на шапки. Одно гнездо закачалось, выглянул из него Шебалдин и громко крикнул: "Вы не читали Лессинга!"

Никитин вздрогнул всем телом и открыл глаза. Перед диваном стоял Ипполит Ипполитыч и, откинув назад голову, надевал галстук.

— Вставайте, пора на службу, — говорил он. — А в одежде спать нельзя. От этого одежда портится. Спать надо в постели, раздевшись...» (Учитель словесности, Т. VIII, с. 319).

Данный фрагмент текста можно разделить на три смысловых отрезка. Первый отрезок представляет описание физического расположения персонажа в пространстве кабинета («лег на диване»), характеристики пространства («темно и тихо»), что способствует вхождению в сон. Но Никитин вначале предается размышлениям, связанным с положительным моментом в жизни, с его любовью. При этом то, о чем он размышляет, имеет отношение к его будущей жизни с Манюсей, связано с их отношениями.

Размышления прерываются описанием принятия удобного расположения Никитина на диване, изменения световой и звуковой обстановки за окном («окно начало заметно бледнеть», «на дворе заголосили сонные петухи»), что вновь способствует вхождению в сонное состояние. Но Никитин продолжает размышлять о жизни с Манюсей.

Второй смысловой отрезок фрагмента начинается с характеристики внешнего и внутреннего пространства («Воздух совсем побелел. Кабинета и окна уж не было»). Эта характеристика является входом в сюжетное сновидение, в котором есть описание пространства из реальности («пивоваренный завод», «загородный сад»), и три персонажа: Манюся, Никитин и Шебалдин. Действия Никитина и Манюси похожи на реальные (гуляли, Манюся что-то говорила). Но слова Манюси не приведены, в сновидении звучат только слова Шебалдина, выглянувшего из вороньего гнезда, что, видимо, неслучайно, ведь ворон считается мудрой птицей. Слова Шебалдина не из реальности, а из мыслей Никитина, за исключением местоимения «вы»; пространство Шебалдина совершенно неожиданное, как неожиданна для Никитина была реакция Шебалдина на его ответ в реальности: его недоумение было выражено невербально, он не нашел даже слов от удивления. Реальность и ирреальность соединились в сновидении как особом состоянии персонажа, положительные и отрицательные эмоции, которые испытывает персонаж в реальности, воспроизведены в сновидении. Одни связаны с любовью к Марусе, другие с переживанием из-за незнакомства с произведениями Лессинга.

Третий смысловой отрезок представляет выход Никитина из

сновидения, а именно — описание физиологических действий. Так как сновидение завершается словами Шебалдина, вызвавшими отрицательные эмоции Никитина, то именно после этих слов Никитин «вздрагивает всем телом», то есть совершает какие-то непроизвольные, неконтролируемые движения, и открывает глаза. Описание выхода из сновидения содержит также реплику Ипполита Ипполитыча, дающую характеристику положению Никитина и содержащую известные истины.

Сюжетное сновидение в целом контрастно по содержанию, поскольку включает как эпизоды общения с любимой женщиной, так и напоминание о том, что Никитин не читал Лессинга, что в реальности Никитин воспринял как неприятное замечание, но он внутренне был согласен с ним.

Никитин, как отмечает В. Б. Катаев (А. П. Чехов. Энциклопедия, 2011, с. 201), выделен в системе персонажей, он представлен как персонаж, в котором намечена возможность эволюции характера. Это отражено и в сюжетном сновидении, поскольку рефлексия по поводу вопроса и удивления Шебалдина настолько глубоко восприняты персонажем, что нашли отражение и в ирреальности наряду с обычной повседневностью.

Сюжетное сновидение, в котором дается толкование событию персонажем, видящим сон, есть только в незаконченном рассказе «У Зелениных». В письме матери к дочери мать, объясняя причину своего отъезда в Крым из-за болезни одного из членов семьи, пишет дочери о том, что ей приснился отец дочери, который совершает некоторые действия, и мать дает толкование этому сновидению. Это призыв к примирению со сложившимися обстоятельствами жизни.

«Снился твой отец, как будто подходит ко мне и подает большой флаг, а на флаге голубой крест. Это к терпению» (У Зелениных, Т.

VII, с. 510).

Рассказ «Каштанка», как отмечает В. Б. Катаев (1979, с. 59), имеет множество интерпретаций, но все исследователи обращают внимание на приписывание собаке человеческих возможностей. Г. С. Рылькова пишет, что А. П. Чехов «наделяет Каштанку умом и способностью толковать, скучать, рассуждать, делать выводы» (Рылькова, 2015, с. 55). В рассказе «Каштанка» очеловечивание персонажа-собаки происходит не только с помощью приписывания ей перечисленных способностей, но и с помощью представления двух сюжетных сновидений, в одном из которых она, как любая собака в реальной действительности, убегает от дворника.

«Тетке приснился собачий сон, будто за нею гонится дворник с метлой, и она проснулась от страха» (Каштанка, Т. VI, с. 440).

Второе сновидение связано с ее размышлениями о еде и с поступком, который она совершила днем: украла у кота куриную лапку. В сновидении ей не дают есть собаки. Реальное чувство голода является основой сновидения (см.: Приложение № 1, пример № 35).

Персонажи сюжетных сновидений в произведениях А. П. Чехова могут продолжать во время сновидения мыслительную деятельность, способность слышать, оценивать происходящее, то есть сохранять некоторые функции, свойственные человеку в реальной жизни. Таким образом расширяется представление о физических возможностях и психологических особенностях персонажа во время сновидения. Эта деятельность персонажа обозначена глаголами с соответствующими значениями. Так, Ярцев (см. пример из повести «Три года») во время своего творческого сновидения продолжает «думать»; Лыжин в рассказе «По делам службы» во сне «вспоминает», «слышит», «ему кажется», «представляется»; татарин в рассказе «В ссылке» «слышит»; Надя в в рассказе «Зеркало» «видит», «слышит»; персонаж рассказа «Сон» «помнит». Такая особенность персонажей была отмечена при описании сна без сновидений в главе II в рассказах «На пути», «Перекати-поле».

В рассказе «Поцелуй» способность мыслить во время сна представлена именем существительным «мысль» в сочетании с глаголом «оставлять» с отрицанием. В рассказе офицер Рябович, робкий по натуре человек, будучи в гостях, заблудился в чужом доме и попал в темную комнату, где с ним приключилось неожиданное событие: в комнате появилась женщина, которая сначала обняла его, затем поцеловала и убежала, поняв, что это не тот, кого она ждала. Женщину Рябович не знал, но это событие очень взволновало его, он постоянно думал об этом. За ужином Рябович пытался отгадать, какая из присутствующих за столом женщин могла быть той женщиной, поцелуй которой ему так запомнился. При этом он запомнил в первую очередь запах и тактильные ощущения от поцелуя. Вернувшись на квартиру, он все время думал о поцелуе, и его мысли об этом приятном для него событии сопровождали его и во сне (см.: Приложение № 1, пример № 36).

Описание вхождения в сновидение предваряет представление размышлений персонажа, затем словосочетаниями с глаголами совершенного вида уточняется физическое положение Рябовича («укрылся с головой», «свернулся калачиком»), наиболее удобное для начала сна. Но он еще продолжает размышлять о случившемся, и именно его мысли об амбивалентности случившегося являются содержанием сновидения. Персонаж до сна и персонаж во время сна в рассказе одинаково осмысляет реальное событие. После выхода из состояния сновидения, представленного глаголом «проснулся», ощущение радости у персонажа сохраняется. Но в жизни надежда на возможное реальное повторение этих ощущений или других новых оказалась невозможной. Рябович — персонаж рефлексирующий, что представлено и в сновидении, и отсутствующие в реальной жизни радостные события и ощущения приводят его в конце рассказа к мысли о бесцветности и убогости своего существования. В этом рассказе представлено сочетание духовных и физиологических ощущений персонажа, что исследователи объясняют профессиональными знаниями А. П. Чехова (Хшан, 2012, с. 167).

Сюжетные сновидения оформлены текстовыми фрагментами, в которых может быть представлено не только содержание сновидения, но и обозначена рамочная структура фрагмента с помощью определенных показателей начала и завершения сновидения, на что уже обращалось внимание при анализе примеров.

3. Особенности рамочной структуры сновидений

Рамочная структура, имеющая указание на начало и завершение сновидения в текстовом фрагменте может осуществляться:

— одиночными глаголами, включающими значение фазы начала и окончания процесса: «уснуть», «заснуть», «задремать», «проснуться» («Сон», «Конь и трепетная лань», «Три года», «Каштанка», «Поцелуй», «По делам службы»);

— описанием постепенного изменения сознания при входе в сновидение;

— при выходе описанием физического состояния персонажа глаголами «вскочить», «вздрогнуть» и словосочетанием «открыть глаза» («Сон», «Сонная одурь», «Зеркало», «Учитель словесности»).

В текстовом фрагменте со сновидением может быть представлен только вход в сновидение. Без специального обозначения выхода из него. Вход в сновидение без указания на выход представлен:

— глаголами «сниться», «присниться», «уснуть» и словосочетанием «видеть во сне» («Кухарка женится», «Обыватели», «Цветы запоздалые», «Тайна», «У Зелениных»);

— при входе может быть дано описание болезненного состояния персонажа («В аптеке», «Гусев»).

Выход из сюжетного сновидения в произведениях А. П. Чехова может быть представлен описанием соединения событий, происходящих в сновидении, с событиями реальной действительности.

Главный персонаж, дворник Филипп Никандрыч, каждый день грубо ругает своих знакомых и родственников за нежелание читать книги и учиться. Но его желание читать книги высмеивается в рассказе, поскольку сам он читал совершенно ненужные для его дела и жизни книги. При чтении книги «Разведение корнеплодов. Нужна ли нам брюква» он стал засыпать. Вхождение в сон представлено описанием изменения физиологического состояния персонажа; затем следует описание сновидения, в котором дворник является участником сновидения (см.: Приложение № 1, пример № 37).

В сновидении пространство осталось таким же, как в реальной действительности, но к людям в городе добавились французы, которых нет в реальности. Они появились в мыслях дворника перед сновидением, когда он размышлял об образовании. Исполнилась мечта дворника, в сновидении все люди стали читать и стали умными. Филипп в сновидении продолжает заниматься своей деятельностью, давать советы людям, что почитать, и очень доволен всеми изменениями. Выход из сна совмещен с реальностью. Неизвестный человек в сновидении задает вопрос лакею, и этот же вопрос, включающий оскорбительные обращения («болван», «скотина»), слышит дворник в реальности.

«А вот кто-то подходит к лакею Мише, толкает его и кричит: "*Ты спишь? Я тебя спрашиваю: ты спишь?*"

— *На часах спишь, болван?* — *слышит Филипп чей-то громовый голос.*

— *Спишь, негодяй, скотина?*

Филипп вскочил и протер глаза; перед ним стоял помощник участкового пристава» (Умный дворник, Т. II, с. 73).

Мечты об образовании всех людей таким образом прекратились,

дворника потребовали в участок, после чего он уже не советовал читать.

В рассказе «Спать хочется» выход из одного сновидения девочки также представлен соединением двух одинаковых по содержанию реплик, одна из которых включена в сновидение, вторая произносится другим персонажем в реальности и содержит оскорбительные слова в адрес Варьки («подлая») в связи с тем, что она спит и не следит за ребенком.

« — *Подайте милостыньки Христа ради!* — *просит мать у встречных.*

— *Явите божескую милость, господа милосердные!*

— *Подай сюда ребенка!* — *отвечает ей чей-то знакомый голос.* — *Подай сюда ребенка!* — *повторяет тот же голос, но уже сердито и резко.* — *Спишь, подлая?*» (Спать хочется, Т. VII, с. 10).

Выход из другого сновидения Варьки соединяет ее физические ощущения боли во сне с действиями хозяина («треплет за ухо») в реальности, сопровождающимися репликой с оскорблениями в адрес девочки.

«...*Но вдруг кто-то бьет ее по затылку с такой силой, что она стукается лбом о березу. Она поднимает глаза и видит перед собой хозяина-сапожника.*

— *Ты что же это, паршивая?* — *говорит он.* — *Дите плачет, а ты спишь?*» (Спать хочется, Т. VII, с. 9).

В повести «Драма на охоте», посвященной расследованию убийства следователем, в сновидение включена реально произнесенная в самом начале повести фраза «Муж убил свою жену!» (см.: Приложение № 1, пример № 38). Эти слова принадлежат попугаю, они повторяются в повести девять раз, в том числе они имеются в сновидении. Фраза «Муж убил свою жену!» в устах попугая, казалось бы, мало что обозначает, она вроде бы лишена смысла, но она важна для развития сюжета в повести. Этот эмоциональный крик птицы приобретает в повести « в результате убийства женщины символико-референтную значимость» (Изотова, 2006, с. 171).

Сновидение представляет читателю реальные субстанции: сам персонаж, пространство (Невский проспект), знакомые женщины (Ольга, Надя, Сози, их наряды), а также субстанции, связанные с реальностью, но не являющиеся реальными в действительности: красная физиономия, которая является результатом слияния в одно целое трех знакомых лиц и которая в сновидении произносит предложение об убийстве жены мужем. Символическим является также цвет физиономии («красный»), который напоминает о цвете крови. Сновидение связано с убийством Ольги, с осознанием своей вины Зиновьевым, но непризнанием ее, попыткой скрыть это и обвинить других людей, не имеющих отношения к убийству. Сновидение позволяет «вскрыть» внутреннее психологическое состояние Зиновьева. При выходе из сновидения повторяется часть фразы, произнесенной красной физиономией в сновидении, в реальности попугай «добавляет» к сообщению о том, кто является убийцей, свою просьбу и «дает» кому-то определение. Фраза попугая выводит персонажа из сновидения.

Это сновидение вроде бы «проецирует» состоявшееся затем убийство Ольги человеком, который назван во сне (Урбенин), обозначен во фразе попугая и фразе «красной физиономии («муж»). Наименование убийцы в сновидении и во фразе попугая может ввести в заблуждение читателя, истина становится ясной только в конце повести, в разговоре Камышева с издателем.

В повести «Три года» в сновидении Юлии стук гроба о дверь дома отца Юлии оказывается в реальности стуком в дверь: стучали люди, принесшие Юлии телеграмму. Стук, соединивший сновидение с реальностью, явился причиной выхода Юлии из сновидения. Сюжетные сновидения могут иметь рамочную структуру, содержащую указание на вход и выход из сновидения, при этом выход может соединять сновидение с реальностью, как в произведениях «Умный дворник», «Спать хочется», «Драма на охоте», «Три года». Текстовые фрагменты с сюжетными сновидениями могут иметь указание только на вход, включая описание изменения сознания персонажа.

В конце

В художественном мире Чехова значительное место занимают сновидения персонажей, представляющие собой событийный ряд, действие, т. е. развертывание того или иного сюжета. При этом события могут быть представлены в свернутом и развернутом сюжетах, отличающихся подробностями изложения происходящих в сновидении событий и соответственно особенностями лингвистических средств, формирующих эти разновидности сюжетных сновидений. Лингвистический анализ сюжетных сновидений дает возможность понять композицию данных текстовых фрагментов, их смысловую структуру и смысловую нагрузку.

Для сюжетных сновидений характерно то, что в них представлена часть реальной действительности, с которой связан персонаж. Реальность трансформируется в сновидении, будучи включенной в ирреальное явление. Будучи по сути ирреальным явлением, сновидение тем не менее соединяет два мира — реальный и дополняющий его ирреальный (воображаемый). Сновидения включают сведения о событиях, которые были в реальной жизни персонажа, но не представлены при ее описании, таким образом сновидения дополняют реальность и расширяют объемность жизни персонажа.

В сновидении чеховский персонаж, как правило, не отключен от событий реальной жизни, в его сон проникает сознание. Во время сновидения персонаж на основе собственного опыта, вызывающего у него разные чувства и эмоции, что является в основном причиной сновидения, формирует другой мир. Этот мир дает возможность персонажу изменить свое отношение реальности, к тому, что происходило с ним в реальной жизни, представить будущее, осмыслить настоящее. Сюжетные сновидения позволяют читателю понять, что ирреальная событийность может спроецировать дальнейшие намерения персонажа, связанные с его поступками в будущем.

Сюжетные сновидения у Чехова — это важнейший прием, позволяющий вскрыть внутренний облик персонажа, обнажить или изменить его представления о разных явлениях и событиях. Эти сновидения наиболее ярко способствуют образной оценке персонажей, их поступков и существующего в реальности склада общественной жизни.

Сон как бытийная реальность является одним из повседневных некоммуникативных событий, обращение к которому в художественном мире литературных произведений имеет важное значение для формирования образов персонажей. В прозе А. П. Чехова фрагменты, связанные с состоянием сна персонажей, встречаются во множестве текстов и являются, по сути, постоянным компонентом художественного мира писателя. Они становятся характерным для идиостиля Чехова приемом формирования смысла текста.

Сны персонажей реализуются репертуаром средств их репрезентации, включающим: лексемы со значением « сон », синонимичные лексемы; словосочетания и сочетания слов, образующиеся с этими лексемами; предложениями с рядом однородных членов, в которых обозначены субстанции и предметы сновидений; фрагменты текста, представляющие событийные сновидения, разворачивающиеся в ирреальной действительности.

Сновидения персонажей рассмотрены на фоне описания сна как явления реальной жизни, как необходимого физиологического состояния, естественной каждодневной ситуации, характеризующейся разнообразными деталями и подробностями. Все они получают важное значения для формирования образа персонажа, позволяя читателю глубже понять мыслительную и психическую жизнь персонажа. Вхождение в состояние сна может быть представлено отдельным фрагментом текста, в котором описывается постепенно изменяющееся сознание персонажа. При этом исключительно важно, что сознание персонажа во сне не всегда полностью угасает, что, как правило, фиксируется описанием его продолжающейся работы посредством глаголов мышления и восприятия мира — «думать», «видеть», «слышать». Эти глаголы позволяют воссоздать сложную модель бытия персонажа, находящегося одновременно в двух реальностях. Тем самым А. П. Чехов представляет читателю многомерность сознания и внутреннего мира персонажа. Выход из состояния сна может быть связан с представлением явлений, которые одновременно относятся к сновидению персонажа и к реальной действительности, что нарушает целостность сновидения и позволяет показать механизм выхода из него.

Сновидения персонажей А. П. Чехова по характеру их содержания представлены сновидениями-субстанциями и сновидениями-событиями. Сновидения первого типа оформлены, как правило, рядом однородных членов, выраженных именами существительными. Причины появления в сновидении именно этих субстанций становятся понятны и могут быть обоснованы только при осмыслении содержания целого текста. В сновидения-события включен сюжет, основанный на впечатлениях, размышлениях, переживаниях персонажа. Персонаж необязательно является участником разворачивающегося в сновидении события. Содержание сновидений-событий коррелируется с реально произошедшими, происходящими или возможными событиями. Причиной таких сновидений являются разные жизненные ситуации, вызывающие у персонажей широкий спектр чувств и эмоций и находящие отражение в сновидении. В сновидениях-событиях может быть представлена мечта, желание, страх, сожаление, ненависть.

Лексема « сон » в прозе А. П. Чехова представляет сон как физиологическое состояние и сон как видения, картины, образы в состоянии сна. Количество употреблений этой лексемы в третьем периоде творчества А. П. Чехова наименьшее. Этот период творчества А. П. Чехова (1896 – 1904) характеризуется, по А. П. Чудакову, введенным А. П. Чеховым в русскую литературу « принципом изображения мира через конкретное воспринимающее сознание ». В этом периоде были написаны произведения, персонажи которых много рефлексируют, размышляют, думают о жизни, пытаются решить и объяснить сложные жизненные ситуации, что связано у них с бессонницей как основным времяпровождением.

Состояние сна персонажей у А. П. Чехова часто приобретает метафорический характер, являясь важнейшим средством оценки жизни персонажа, создаваемой уровнем его сознания, поведением и поступками, а также существующего общественного устройства. Как правило, сон метафорически изображает абсурдный порядок общей социальной жизни, лишенный необходимых нравственных начал, правды и справедливости, а в качестве метафоры человеческого сознания характеризует такое сознание, на котором основывается данное общественное устройство. Такая метафора сна как оценки жизни вписывается в широкий культурный контекст, восходя к устойчивому образу, питающему как мировую, так и русскую литературу. Однако у А. П. Чехова сон может выглядеть и метафорическим изображением освобождения человека, его сознания от привычных норм бесчеловечного существования. Ирреальность пространства сна, включающего как реальные, так и ирреальные события, ситуации, предметы, в художественном мире А. П. Чехова всегда способствует полноценному и объективному показу существующей реальности и его оценке.

Список литературы

[1] АВАКУМОВ С В. Психология сновидения [J]. Ученые записи, 2008,5(39).

[2] АВАКУМОВ С В. Психоаналитическая теория сновидений [J]. Эффективная фармакотерапия, 2015(53).

[3] АГАПОВА Д М. Специфика трактовки образа русского интеллигента в повести А. П. Чехова «Скучная история» [C]// Молодежные чеховские чтения в Таганроге. Ростов-на-Дону: Легион-М, 2018.

[4] АДЛЕР А. Практика и теория индивидуальной психологии: Лекции по введению в психотерапию для врачей, психологов и учителей[M]. M. : Изд-во Ин-та Психотерапии, 2002.

[5] АФАНАСЬЕВ Э С. Феномен художественности: от Пушкина до Чехова[M]. M. : Изд-во МГУ, 2010.

[6] АНТЮФЕЕВА И Н. Писатели-врачи Д. Н. Жбанков, А. П. Чехов, В. В. Вересаев [C]//Культура. Филология. Методика: сборник трудов в честь 60-летия проф. Г. С. Меркина. Смоленск: СГПУ, 2000.

[7] АРИСТОТЕЛЬ. О возникновении животных[M]. M. : Изд-во АН СССР, 1940.

[8] АРИСТОТЕЛЬ. О предсказаниях во сне [M]//ПЕТРОВА М С. Интеллектуальные традиции Античности и Средних веков. M. : Кругъ, 2010.

[9] БАРЛАС Л Г. Язык повествовательной прозы Чехова: проблемы анализа[M]. Ростов-на-Дону: Изд-во Рост. ун-та, 1991.

[10] БАРЛАС Л Г. О стиле рассказа А. П. Чехова «Дама с собачкой» [M]. Ростов-на-Дону: Изд-во Рост. ун-та, 1996.

[11] БАХТИН М М. Проблемы поэтики Достоевского[M]. M. : Сов. Россия, 1979.

［12］ БАХТИН М М. Вопросы литературы и эстетики: исследования разных лет［М］. М. : Худож. лит. , 1975.

［13］ БАХТИН М М. Эстетика словесного творчества ［М］. М. : Искусство, 1979.

［14］ БЕРДНИКОВ Г П. А. П. Чехов. Идейные и творческие искания ［М］. М. : Худож. лит. , 1970.

［15］ БЕЛОВА Д Н. Семантические константы «сон» и «творчество» в лирике Р. М. Рильке ［J］. Вестник Томского государственного университета, 2008(308).

［16］ БЕРСТЕНЕВ Г И. Лингвистика сновидений［М］. М. : Индрик, 2011.

［17］ БИЛИНКИС Я С. Многомерная подлинность человека в творчестве Чехова ［М］. М. : Русская классика и изучение литературы в школе, 1986.

［18］ БОРХЕС Х Л. Письмена Бога［М］. М. : Республика, 1992.

［19］ БУЛГАКОВ С Н. Чехов как мыслитель: публичная лекция［М］// А. П. Чехов. Proet contra. Творчество А. П. Чехова в русской мысли конца XIX –начала XX века (1887–1914). СПб. : Изд-во Русского Христианского гуманитарного института, 2002.

［20］ БУРЛАКА Д К. Андрей Белый: pro et contra［М］. СПб. : РХГИ, 2004.

［21］ БЯЛЫЙ Г А и др. История русской литературы［М］. М. : АН СССР, 1956.

［22］ ВЕРЛИНСКИЙ А Л. Необходимость, случайность, свобода: Демокрит и его наследники ［J］. Linguistica et philologica: сб. статей к 75-летию Ю. В. Откупщикова, 1999(9).

［23］ ВАГАНОВ А В. Этнонимы-историзмы в произведениях А. П. Чехова［С］//Личная библиотека А. П. Чехова: литературное окружение и эпоха. Ростов-на-Дону: Foundation, 2016.

[24] ГЕРШЕНЗОН М О. Сны Пушкина: сб. первый [М]. М.: Госиздат, 1924.

[25] ГИНЗБУРГ Л Я. О психологической прозе [М]. Л.: Худож. лит., 1977.

[26] ГИППОКРАТ. Этика и общая медицина [М]. СПб.: Азбука, 2001.

[27] ГОРЬКИЙ А М. М. Горвкий и А. П. Чехов. Переписка. Статьи. Высказывания [М]. М.: Гослитиздат, 1951.

[28] ГРОМОВ Л П. Повествование Чехова как художественная система [С]//Громов М П. Современные проблемы литературоведения и языкознания. М.: Наука, 1974.

[29] ГРОМОВ М П. Книга о Чехове [М]. М.: Современник, 1989.

[30] ГУРА А В. Славянские древности: Этнолингвистический словарь [М]. М.: Международные отношения, 2012.

[31] ГУРВИЧ И А. Проза Чехова: (Человек и действительность) [М]. М.: Худож. лит., 1970.

[32] ДАЛДИАНСКИЙ А. Онейрокритика [М]. СПб.: Кристалл, 1999.

[33] ДАСЬКО А А. Сны: события и время. Лингвистика сновидений [С]//Лингвофутуризм. Взгляд языка в будущее: сборник статей. М.: Индрик, 2011.

[34] ДЕДЮХИНА О В. Сны и видения в повестях и рассказах И. С. Тургенева (проблемы мировоззрения и поэтики) [D]. М.: Московский государственный областной педагогический институт, 2006.

[35] ДЕКАРТ Р. Избранные Произведения [М]. М.: Госполитиздат, 1950.

［36］ДЕРМАН А Б. О мастерстве Чехова［М］. М.：Сов. писат.，1959.

［37］ДОЛЖЕНКОВ П Н. Тема страха перед жизнью в прозе А. П. Чехова［С］//Стрельцова Е И и др. Чеховиана：Мелиховские труды и дни. М.：Наука, 1995.

［38］ХОЛЛ Дж А. Юнгианское толкование сновидений. Практическое руководство［М］. М.：Городец, 2017.

［39］ЕРШЕНКО Ю О. Поэтика сна в творчестве А. С. Пушкина［М］. М.：Литература, 2006.

［40］ЕСИН А Б. О чеховской системе ценностей［J］. Русская словесность, 1994(6).

［41］ЕСИН А Б. Психологизм русской классической литературы［М］. М.：Просвещение, 1988.

［42］ЗИМНЯКОВА В В. Роль онейросферы в художественной системе М. А. Булгакова［D］. Иваново：Ивановский государственный университет, 2007.

［43］ИЗОТОВА Н В. Диалогическая коммуникация в языке художественной прозы А. П. Чехова［М］. Ростов-на-Дону：Изд-во СКНЦ ВШ, 2006.

［44］ИЩУК-ФАДЕЕВА Н И. Тема жизни и смерти в позднем творчестве А. П. Чехова［М］// Чеховские чтения в Твери. Тверь：Твер. гос. ун-т, 1999.

［45］КАНТ И. Антропология с прагматической точки зрения［М］. СПБ.：Наука, 1999.

［46］КАСАТКИН В Н. Теория сновидений［М］. Л.：Медицина, 1983.

［47］КАТАЕВ В Б. Проза Чехова：проблемы интерпретации［М］. М.：Изд-во МГУ, 1979.

［48］КАТАЕВ В Б. Степь：драматургия прозы［М］. Таганрог：

Таганрогский государственный литературный и историко-архитектурный музей-заповедник, 2008.

[49] КАТАЕВ В Б. Сложность простоты. Рассказы и пьесы Чехова (В помощь преподавателям, старшеклассникам и абитуриентам) [M]. М. : Изд-во МГУ, 1998.

[50] КАТАЕВ В Б. Истинный мудрец[M]. Иркутск: НГУ, 2008.

[51] КАТАЕВ В Б. Смелость Чехова[M]// К пониманию Чехова. М. : ИМЛИ РАН, 2018.

[52] КАЧУР М Д. О психологизме в рассказах раннего Чехова[M]// Творчество А. П. Чехова. Ростов-на-Дону, 1978.

[53] КЕДРОВА Е Я. Оппозиция « ум-безумие » в концептосфере А. П. Чехова[C]//А. П. Чехов и мировая культура: к 150-летию со дня рождения писателя. Ростов-на-Дону: НМЦ « Логос », 2010.

[54] КОВАЛЬЗОН В М. Забытый основатель биохимии и сомнологии [J]. М. : Природа. 2012(05).

[55] КОВАЛЬЗОН В М. Сомнология в XXI веке (послесловие переводчика)[M]//Жуве М. Замок снов. Фрязино: Век 2, 2006.

[56] КОНОВАЛОВА В П. Образ учителя в произведениях А. П. Чехова [C]// XX Чеховские чтения: материалы лингвистической секции. Таганрог: Изд-во Таганрогского гос. пед. ин-та. , 2001.

[57] КОРАБЕЛЬНИКОВА Е А. Детский сон: зеркало развития ребенка [M]. М. : ВЛАДОС Пресс, 2009.

[58] КОЖЕВНИКОВА Н А. Язык и композиция произведений А. П. Чехова[M]. Нижний Новгород, 1999.

[59] КОЖЕВНИКОВА Н А. Стиль Чехова [M]. М. : Азбуковник, 2011.

[60] КОЖЕВНИКОВА Н А. О тропах в прозе А. П. Чехова [M].

Ростов-на-Дону: Изд-во Рост. ун-та, 1988.

[61] КРОШКИН А Ф. Импрессионистская штриховая манера в стиле рассказа А. П. Чехова «На подводе» [С]//Творчество А. П. Чехова (Поэтика, истоки, влияние): Межвузовский сборник научных трудов. Таганрог: Сфинкс, 2000.

[62] КУЗИЧЕВА А П. «Когда я пишу…» (К психологии творчества Чехова) [М]//Чеховиана: статьи, публикации, эссе. М.: Наука, 1990.

[63] КУЗИЧЕВА А П. Что же главное в прозе и драме А. П. Чехова? [С]//Творчество А. П. Чехова (Поэтика, истоки, влияние): Межвузовский сборник научных трудов. Таганрог: Сфинкс, 2000.

[64] КУЗЬМИЧЕВА Н В. Мотив сна в поэзии русских символистов [М]. Ярославль:Худож. лит., 2005.

[65] КУМБАШЕВА Ю А. Мотив сна в русской лирике первой трети XIX века[D]. СПб.: СПГУ, 2001.

[66] КУЗНЕЦОВА М В. Черты стиля раннего Чехова[М]. М.: Наука, 1973.

[67] ЛАЗАРЕВА А А. Эмоции как объект толкования в славянских народных рассказах о вещих снах[J]. Петербургские славянские и балканские исследования, 2016(2).

[68] ЛИНКОВ В Я. Художественный мир прозы А. П. Чехова[М]. М.: Изд-во МГУ, 1982.

[69] ЛИНКОВ В Я. Повесть А. П. Чехова «Дуэль» и русский социально-психологический роман первой половины XIX век [С]//Проблемы теории и истории литературы. М.: Изд-во МГУ, 1971.

[70] ЛИХАЧЕВ Д С. «Слово о полку Игореве» и культура его времени

[М]. Л. : Худож. лит. , 1978.

[71] ЛИХАЧЕВ Д С. Внутренний мир художественного произведения [J]. Вопросы литературы, 1968(8).

[72] ЛОТМАН Ю М. Семиосфера: Культура и взрыв, Внутри мыслящих миров[М]. СПб. : Искусство-СПБ, 2000.

[73] ЛОТМАН Ю М. Структура художественного текста[М]. СПб. : Искусство-СПБ, 1998.

[74] МАЛКОЛЬМ Н. Состояние сна[М]. М. : Прогресс, 1993.

[75] МАСЛАКОВА Е В. Художественное время в рассказе А. П. Чехова « На подводе » [М]//А. П. Чехов: русская и национальные литературы. Ереван: Изд-во дом Лусабац, 2010.

[76] МЕВЕ Е Б. Чехов Антон Павлович[М]//Большая медицинская энциклопедия. М. : Советская энциклопедия, 1986.

[77] МЕВЕ Е Б. Медицина в творчестве и жизни А. П. Чехова[М]. Киев: Здоровье, 1989.

[78] МЕЛЬНИКОВА Н Г. Русское зарубежье о Чехове: Критика. Литературоведение. Воспоминания: Антология [М]. М. : Дом Русского Зарубежья им. Александра Солженицына, 2010.

[79] МИЛЛЕР Г Х. Полный сонник Миллера. 10000 толкований[М]. М. : Рипол Классик, 2007.

[80] МИРСКИЙ М Б. Доктор Чехов[М]. М. : Наука, 2003.

[81] МОЛНАР А. Сон женщины и его рамка в «Обрыве» Гончарова [J]. Новый филологический вестник, 2015(2).

[82] НАГОРНАЯ Н А. Онейросфера в русской прозе XX века[D]. М. : МГУ, 2004.

[83] НАЗИРОВ Р Г. Творческие принципы Ф. М. Достоевского[М]. Саратов: Изд-во Саратовского университета, 1982.

[84] НЕЧАЕНКО Д А. Художественная природа литературных

сновидений: русская проза XIX века [M]. М.: МАКС-Пресс, 1991.

[85] ПАВЛОВ И П. Материалы к физиологии сна [M]. Полное собрание сочинений. Л.: Изд-во АН СССР, 1951.

[86] ПАНКРАТОВА М Н. Онирический мотив: структура и особенности функционирования: «Огненный Ангел» В. Я. Брюсова [D]. М.: МГУ, 2015.

[87] ПАНЧЕНКО А А. Сны и видения в народной культуре: Мифологический, религиозно-мистический и культурно-психологический аспекты [M]. М.: Российский государственный гуманитарный университет, 2001.

[88] ПАПЕРНЫЙ З С. Чехов. Очерк творчества [M]. М.: Гослитиздат, 1954.

[89] ПЕТРОВА М С. Онейрокритика в Античности и в Средние века [M]//Интеллектуальные традиции античности и средних веков. М.: Кругъ, 2010.

[90] ПОЛЕВА Е А. Семантика сна в повести В. Набокова «Соглядатай» [J]. Вестник ТГПУ (TSPU Bulletin), 2012(9).

[91] ПОЛОЦКАЯ Э А. О поэтике Чехова [M]. М.: Наследие, 2001.

[92] ПОЛОЦКАЯ Э А. Чехов: личность, творчество [M]. М.: Совет. писат., 1981.

[93] ПЕТРОВА М С. Макробий Феодосий и представления о душе и о мироздании в поздней Античности [M]. М.: Кругъ, 2007.

[94] РАБИНОВИЧ Е И. Сон и сновидения как феномен культуры: на примере культуры северо-буддийского региона [D]. Екатеринбург: Ур. гос. ун-т им. А. М. Горького, 2011.

[95] РЕЙСНЕР М Л. Сны в персидской касыде XI – XII вв.: типы и функции [J]. Номаи донишгох. ученые записки. Scientific notes,

2016(3).

[96] РЕМИЗОВ А М. Огонь вещей. Сны и предсонье [M]. Париж: Оплешник, 1954.

[97] РУДНЕВ В П. Культура и сон[J]. Даугава, 1990(3).

[98] РУДНЕВ В П. Сновидение и событие [M]//Сон-семиотическое окно. Сновидение и событие. Сновидение и искусство. Сновидение и текст. XXVI Випперовские чтения. М.: Изд-во Государственного музея изобразительных искусств им. А. С. Пушкина, 1994.

[99] РУДНЕВА Е Г. Горький юмор Антоши Чехонте (рассказ Чехова «Ванька») [C]// А. П. Чехов и мировая культура: к 150-летию со дня рождения писателя. Ростов-на-Дону: НМЦ «Логос», 2009.

[100] САВЕЛЬЕВА В В. Художественная гипнология и онейропоэтика русских писателей [M]. Алматы: Жазушы, 2013.

[101] САВЧЕНКО Е И. Соотношение «повествователь-персонаж» в рассказах Ф. М. Достоевского «Мальчик у Христа на елке» и А. П. Чехова «Спать хочется» [C]//Творчество А. П. Чехова: текст, контекст, интертекст. 150 лет со дня рождения писателя. Ростов-на-Дону: НМЦ «Логос», 2011.

[102] САМОХВАЛОВ В П. Психоаналитический словарь и работа с символами сновидений и фантазий [M]. Симферополь: СОНАТ, 1999.

[103] СЕВЕРСКАЯ О И. Сны языка огромны [M]//Логический анализ языка. Лингвофутуризм. Взгляд языка в будущее. М.: Индрик, 2011.

[104] СЕМАНОВА М Л. Современное и вечное [M]//Чеховиана: статьи, публикации, эссе. М.: Наука, 1990.

[105] СЕМЕНОВА Н В. Коммуникативный код в рассказе А. П. Чехова

«Спать хочется»［ J ］. Вестник Тверского государственного университета. Филология, 2011(1).

［106］СЕНАТОРОВА Э П. Эстетическая функция глаголов и некоторых синтаксических конструкций в рассказе «Спать хочется»［ M ］// Проблемы языка и стиля А. П. Чехова. Ростов-на-Дону: Изд-во Рост. ун-та, 1983.

［107］СЕНДЕРОВИЧ С. Чехов-с глазу на глаз. История одной одержимости А. П. Чехова［ M ］. СПб: Дмитрий Буланин, 1994.

［108］СЕРГЕЕВА Н М. Поэтика сновидений в художественном сознании Д. С. Мережковского［ J ］. Вестник КГУ им. Н. А. Некрасова, 2008 (1).

［109］СКАФТЫМОВ А П. О повестях Чехова «Палата № 6» и «Моя жизнь»［ M ］//Скафтымов А. П. Нравственные изыскания русских писателей: Статьи и исследования о русских классиках. М.: Худож. лит., 1972.

［110］СКРИПКА Т В. «Бытовой человек» У А. П. Чехова и М. Горького［ C ］//Таганрог и провинция в творчестве А. П. Чехова: материалы Международной научной конференции « XXIV Чеховские чтения в Таганроге 2011. Таганрог: Изд-во Таганрог. пед. ин-та имени А. П. Чехова, 2012.

［111］СЛОНИМ М. Заметки о Чехове［ M ］. Русское зарубежье о Чехове: Критика, литературоведение. Воспоминания: Антология. М.: Дом Русского Зарубежья, 2010.

［112］СОБЕННИКОВ А С. «Правда» и «справедливость» в аксиологии Чехова［ M ］//Чеховиана. Мелиховские труды и дни. М.: Наука, 1995.

［113］СОЛОПОВА М А. Возникновение науки о снах и сновидениях в

Древней Греции (к публикации трактата Аристотеля « О предсказаниях во сне ») [C]//Интеллектуальные традиции античности и средних веков (Исследования и переводы). М. : Кругъ, 2010.

[114] СПЕНДЕЛЬ де ВАРДА. Сон как элемент внутренней логики в произведениях М. Булгакова [C]//Нинов А А. М. А. Булгаков-драматург и художественная культура его времени: сборник статей. М. : Союз театральных деятелей РСФСР, 1988.

[115] СТЕПАНОВ А Д. Проблемы коммуникации у Чехова [M]. М. : Языки славянской культуры, 2005.

[116] СТЕПАНОВ С П. Организация повествования в художественном тексте (языковой аспект) [M]. СПб. : Изд-во СПбГУЭФ, 2002.

[117] СТРАХОВ И В. Психология сновидений [M]. Саратов: СГПИ, 1955.

[118] СУББОТИНА К А. Чехов и импрессионизм (Творческий метод Чехова в оценке современных англо-американских литературоведов) [C]//Седегов В Д и др. Художественный метод А. П. Чехова. Межвузовский сборник научных трудов. Ростов-на-Дону: Ростов-на-Дону гос. пединститут, 1982.

[119] СУХИХ И Н. Проблемы поэтики А. П. Чехова [M]. СПб. : Филологический факультет СПбГУ, 2007.

[120] СУХИХ И Н. «Смерть героя» в мире Чехова [M]. Чеховиана: статьи, публикации, эссе. М. : Наука, 1990).

[121] ТАМАРЛИ Г И. Синхронный диалог Чехова с культурой [M]. Таганрог: Изд-во ТГПИ им. А. П. Чехова, 2014.

[122] ТЕПЕРИК Т Ф. О поэтике литературных сновидений [J]. Русская словесность, 2007(3).

[123] ТЕПЕРИК Т Ф. Поэтика сновидения в античном эпосе: на материале поэм Гомера, Аполлония Родосского, Вергилия, Лукана[D]. М. : МГУ, 2008.

[124] ТЕПЕРИК Т Ф. Поэтика сновидения и поэтика жанра: античность [C]//Литература XX века: итоги и перспективы изучения: материалы пятых андреевских чтений. М. : Экон-Информ, 2007.

[125] ТИМОНИН М В. «Пари»: логика самообмана[M]. Молодые исследователи Чехова. М. : Изд-во МГУ, 2001.

[126] ТОЛСТАЯ Е. Поэтика раздражения: Чехов в конце 1880 – начале 1890-х годов[M]. М. : Российск. гос. гуманит. ун-т, 2002.

[127] ТРУШКИНА Н Ю. Рассказы о снах [M]//Сны и видения в народной культуре. М. : Изд-во РГГУ, 2002.

[128] ТУРКОВ А М. А. П. Чехов и его время[M]. М. : Худож. лит. , 1980.

[129] ТЮПА В И. Художественность чеховского рассказа[M]. М. : Высшая школа, 1989.

[130] ФАЗИУЛИНА И В. Сон и сновидение раннем творчестве Ф. М. Достоевского: поэтика и онтология [D]. Ижевск: Удмуртский государственный университет, 2005.

[131] ФЕДУНИНА О В. Поэтика сна (русский роман первой трети XX в. В контексте традиции)[M]. М. : Intrada, 2013.

[132] ФЕДУНИНА О В. Поэтика сна и картина мира в готическом романе («Удольфские тайны» А. Радклиф и «Монах» М. Г. Льюиса)[J]. Новый филологический вестник, 2007(6).

[133] ФОРТУНАТОВ Н М. Музыка прозы («На пути» Чехова и фантазия Разманинова) [M]//Чехов и его время. М. : Наука, 1977.

[134] ФРАЙЗЕ М. Проза Антона Чехова: монография [M]. М. : ФЛИНТА: Наука, 2012.

[135] ФРЕЙД З. Введение в психоанализ[M]. СПб. : Азбука, 2012.

[136] ФРЕЙД З. Психология бессознательного[M]. М. : Просвещение, 1989.

[137] ФРЕЙД З. Толкование сновидений[M]. СПб. : Азбука, 2006.

[138] ФРЕЙД З. Психопатология обыденной жизни. Толкование сновидений. Пять лекций о психоанализе [M]. М. : Эксмо, 2015.

[139] ФРЕЙД З. Я и Оно[M]. М. : Антология мысли, 2006.

[140] ЦИЛЕВИЧ Л М. Стиль чеховского рассказа[M]. Saule, 1994.

[141] ЧЕРКАШИНА Э А. Вербализация концепта « сон/dream » в разноязычных культурах [D]. Ставрополь: Ставропольский государственный университет, 2007.

[142] ЧЕХОВ А П. Письмо Плещееву А. Н. , 6 марта 1888 г. Полное собрание сочинений и писем[M]. М. : Наука, 1975.

[143] ЧЕХОВ А П. Письмо Плещееву А. Н. , 10 ноября 1888 г. Полное собрание сочинений и писем[M]. М. : Наука, 1976.

[144] ЧЕХОВ А П. Письмо Плещееву А. Н. , 30 декабря 1888 г. Полное собрание сочинений и писем[M]. М. : Наука, 1976.

[145] ЧЕХОВ А П. Письмо Линтваревой Е. М. , 27 октября 1888 г. Полное собрание сочинений и писем[M]. М. : Наука, 1976.

[146] ЧЕХОВ А П. Письмо Книппер-Чеховой О. Л. , 15 ноября 1901 г. Полное собрание сочинений и писем[M]. М. : Наука, 1981.

[147] ЧЕХОВ А П. Письмо Книппер-Чеховой О. Л. , 05 февраля 1902 г. Полное собрание сочинений и писем[M]. М. : Наука, 1981.

[148] ЧЕХОВ А П. Письмо Григоровичу Д. В. , 12 февраля 1887 г.

Полное собрание сочинений и писем[М]. М. : Наука, 1975.

[149]ЧУДАКОВ А П. Поэтика Чехова[М]. М. : Наука, 1971.

[150]ШКЛОВСКИЙ В Б. О теории прозы[М]. М. : Совет. писат. , 1983.

[151]ШУВАЛОВ А В. Проблема гениальности и помешательства в рассказе А. П. Чехова «Черный монах»[М]//Целебное творчество А. П. Чехова (Размышляют медики и филологи). М. : Российское общество медиков-литераторов, 1996.

[152]ЩАРЕНСКАЯ Н М. Концепт «жизнь» в рассказе А. П. Чехова «Гусев»[С]//А. П. Чехов и мировая культура: к 150-летию со дня рождения писателя. Ростов-на-Дону: НМЦ «Логос», 2009.

[153]ЩАРЕНСКАЯ Н М. Концепты «жизнь» и «ребенок» в рассказе А. П. Чехова «Спать хочется» [С]//Творчество А. П. Чехова: текст, контекст, интертекст. 150 лет со дня рождения писателя. Ростов-на-Дону: НМЦ «Логос», 2011.

[154]ЭЙХЕНБАУМ Б М. О Чехове[М]. О литературе: Работы разных лет. М. : Совет. писат. , 1987.

[155]ЭЛИАДЕ М. Мифы, сновидения, мистерии[М]. М. : Рефл-Бук и Ваклер, 1996.

[156]ЮНГ К Г. Карл Густав Юнг о современных мифах [М]. М. : Практика, 1994.

[157]ЮНГ К Г. Психоанализ и искусство [М]. М. : Рефл-Бук и Ваклер, 1996.

[158]ЮНГ К Г. Очерки по психологии бессознательного [М]. М. : Когито Центр, 2010.

[159]ЮНГ К Г. Проблемы души нашего времени[М]. Л. : Питер, 1930.

[160] KLEITMAN N. Sleep and Wakefulness [M]. Chicago: University of Chicago Press, 1963.

[161] KIRJANOV D A. Chekhov and the Poetics of Memory. Studies on Themes and Motifs in Literature[M]. N. Y. : Peter Lang, 2000.

[162] RAYFIELD D. Understanding Chekhov. A Critical Study of Chekhov's Prose and Drama[M]. London: Bristol Classical Press, 1999.

[163] SCHEFSKI H. Chekhov and Tolstoyan philosophy [J]. New Zealand Slavonic Journal, 1985(4).

Словари и справочники

[164] ДАЛЬ В И. Толковый словарь живого великорусского языка[M]. М. : Цитадель, 1998.

[165] ЕВГЕНЬЕВА А П. Словарь русского языка [M]. М. : Русский язык, 1985.

[166] ИЛЬИЧЕВ Л Ф и др. Философский энциклопедический словарь [M]. М. : Советская энциклопедия, 1983.

[167] КАТАЕВ В Б. А. П. Чехов. Энциклопедия [M]. М. : Просвещение, 2011.

[168] КОЖЕВНИКОВ В М и др. Литературный энциклопедический словарь[M]. М. : Советская энциклопедия, 1987.

[169] КУЗНЕЦОВ С А и др. Большой толковый словарь русского языка [M]. СПб. : Норинт, 2004.

[170] МЕЛЬЧУК И А и ЖОЛКОВСКИЙ А К. Толково-комбинаторный словарь современного русского языка[M]. Вена: Wiener Slawistischer Almanach, 1984.

[171] ОЖЕГОВ С И. Толковый словарь русского языка [M]. М. : Русский язык, 1986.

［172］ОЖЕГОВ С И, ШВЕДОВА Н Ю. Толковый словарь русского языка : 80000 слов и фразеол. выражений ［М］. М. : А ТЕМП, 2006.

［173］ПРОХОРОВ А М. Большой энциклопедический словарь［М］. М. : Большая Рос. Энциклопедия, 2000.

［174］СОЛОВЬЕВ В. Толковый словарь сновидений: иллюстрированная история цивилизации снов［М］. М. : Эксмо, 2006.

［175］ТИМОФЕЕВ Л И и др. Словарь литературоведческих терминов ［М］. М. : Просвещение, 1974.

［176］ТОКАРЕВ С А. Мифы народов мира. Энциклопедия［М］. М. : Советская энциклопедия, 1988.

［177］УШАКОВ Д Н. Большой толковый словарь современного русского языка ［М］. М. : Альта-Пресс, 2005.

Источники эмпирического материала

［178］ЧЕХОВ А П. Полное собрание сочинений и писем: В 30 т. Сочинения: В 18 т. Т. 1-10 / АН СССР. Ин-т мировой лит. им. А. М. Горького. М. : Наука, 1983. (Т. 1. Рассказы, повести, юморески 1880-1882; Т. 2. Рассказы, юморески 1883-1884; Т. 3. Рассказы, юморески 1884-1885; Т. 4. Рассказы, юморески 1885-1886; Т. 5. Рассказы, юморески 1886; Т. 6. Рассказы 1887; Т. 7. Рассказы и повести 1888-1891; Т. 8. Рассказы и повести 1892-1894; Т. 9. Рассказы и повести 1894-1897; Т. 10. Рассказы и повести 1898-1903).

Приложение № 1

Пример № 1

«И Зинзага, сделав большие глаза, потряс кушетку. С Амаранты медленно сползла какая-то книга и, шелестя, шлепнулась об пол. Романист поднял книгу, раскрыл ее, взглянул и побледнел ... — Она уснула, читая мой роман!?! — прошептал Зинзага. — Какое неуважение к изданию графа Барабанта-Алимонда и к трудам Альфонсо Зинзаги, давшего ей славное имя Зинзаги!

— Женщина! — гаркнул Зинзага во все свое португальское горло и стукнул кулаком о край кушетки.

Амаранта глубоко вздохнула, открыла свои черные глаза и улыбнулась.

— Это ты, Альфонсо? — сказала она, протягивая руки.

— Да, это я!.. Ты спишь? Ты ... спишь?.. — забормотал Альфонсо, садясь на дрябло-хилый стул. — Что ты делала перед тем, как уснула?

— Ходила к матери просить денег.

— А потом?

— Читала твой роман.

— И уснула? Говори! И уснула?

— И уснула... Ну, чего сердишься, Альфонсо?

— Я не сержусь, но мне кажется оскорбительным, что ты так легкомысленно относишься к тому, что если еще и не дало, то даст мне *славу! Ты уснула, потому что читала мой роман! Я так понимаю этот сон!»* (Жены артистов, Т. I, с. 53–54).

Пример № 2

«*Возмущаясь, Лаев сует подбородок в воротник, кладет голову на свой портфель и мало-помалу успокаивается. Утомление берет свое, и он начинает засыпать.*

— Нашел портфель! — слышит он торжествующий крик Козявкина. — Найду сейчас крылатку и — баста, идем!

Но вот сквозь сон слышит он собачий лай. Лает сначала одна собака, потом другая, третья... и собачий лай, мешаясь с куриным кудахтаньем, дает какую-то дикую музыку. Кто-то подходит к Лаеву и спрашивает о чем-то. Засим слышит он, что через его голову лезут в окно, стучат, кричат... Женщина в красном фартуке стоит около него с фонарем в руке и о чем-то спрашивает» (Заблудшие, Т. IV, с. 77–78).

Пример № 3

«*В избе всегда плохо спали; каждому мешало спать что-нибудь неотвязчивое, назойливое: старику — боль в спине, бабке — заботы и злость, Марье — страх, детям — чесотка и голод. И теперь тоже сон был тревожный: поворачивались с боку на бок, бредили, вставали напиться.*

Фекла вдруг заревела громко, грубым голосом, но тотчас же сдержала себя и изредка всхлипывала, все тише и глуше, пока не смолкла. Временами с той стороны, из-за реки, доносился бой часов; но часы били как-то странно: пробили пять, потом три» (Мужики, Т. IX, с. 301).

Пример № 4

«*Старик сел в постели, положил голову на колени и долго сидел в таком положении. Потом он стал чесать себе голени... Чем усерднее работали его ногти, тем злее становился зуд.*

Немного погодя несчастный старик слез с постели и захромал по комнате. Он поглядел в окно... Там за окном при ярком свете луны осенний холод постепенно сковывал умиравшую природу. Видно было, как серый, холодный туман заволакивал блекнувшую траву и как зябнувший лес не спал и вздрагивал остатками желтой листвы.

Генерал сел на полу, обнял колени и положил на них голову.

— Анюта! — позвал он.

Чуткая старуха заворочалась и открыла глаза» (Скука жизни, Т. V, с. 177).

Пример № 5

« *— Я вот что думаю, Анюта, — начал старик. — Ты не спишь? Я думаю, что самым естественным содержанием старости должны быть дети... Как по-твоему? Но раз детей нет, человек должен занять себя чем-нибудь другим...*

Старик почесал ноги и продолжал:

— А то случается, что старики впадают в детство, когда хочется, знаешь, деревца сажать, ордена носить ... спиритизмом заниматься...

Послышался легкий храп старухи» (Скука жизни, Т. V, с. 177).

Пример № 6

« *— Если я вчера была неласкова, то вы простите, — начала она, и* *голос ее дрогнул, как будто она собиралась заплакать. — Это такое мучение! Я всю ночь не спала.*

— А я отлично проспал всю ночь, — сказал Лаптев, не глядя на нее, — но это не значит, что мне хорошо. Жизнь моя разбита, я глубоко несчастлив и после вчерашнего вашего отказа я хожу точно отравленный... Я люблю вас больше, чем сестру, больше, чем покойную мать... Без сестры и без матери я мог жить и жил, но жить без вас — для меня это бессмыслица, я не могу...» (Три года, Т. IX, с. 25).

Пример № 7

« — Как бы то ни было, приходится проститься с мыслями о счастье, — сказал он, глядя на улицу. — Его нет. Его не было никогда у меня и, должно быть, его не бывает вовсе. Впрочем, раз в жизни я был счастлив, когда сидел ночью под твоим зонтиком. Помнишь, как-то у сестры Нины ты забыла свой зонтик? — спросил он, обернувшись к жене. — Я тогда был влюблен в тебя и, помню, всю ночь просидел под этим зонтиком и испытывал блаженное состояние» (Три года, Т. IX, с. 86).

Пример № 8

«Когда в первом часу ночи, после счетов, Лаптев вышел на свежий воздух, то чувствовал себя под обаянием этих цифр. Ночь была тихая, лунная, душная... Он представлял себе, как он мало-помалу свыкнется со своим положением, мало-помалу войдет в роль главы торговой фирмы, начнет тупеть, стариться и в конце концов умрет, как вообще умирают обыватели, дрянно, кисло, нагоняя тоску на окружающих. Но что же мешает ему бросить и миллионы, и дело, и уйти из этого садика и двора, которые были ненавистны ему с детства?» (Три года, Т. IX,

с. 89–90).

Пример № 9

«А главное, я боялся увлечься. Шел ли я по улице, работал ли, говорил ли с ребятами, я все время думал только о том, как вечером пойду к Марии Викторовне, и воображал себе ее голос, смех, походку … А по ночам я видел ее и себя во сне» (Моя жизнь, Т. X, с. 239).

Пример № 10

«Дни и часы, в которые ее большие глаза не видали меня, считались безвозвратно потерянными, вычеркнутыми из книги жизни. Глядела она на меня молча, восторгаясь, изумляясь … Ночью, когда я храпел, как последний лентяй, она, если спала, то видела меня во сне …» (Мои жены, Т. IV, с. 26).

Пример № 11

« — Тссс … тише, — говорит Обтесов, когда она, раскупорив бутылки, роняет штопор. — Не стучите так, а то мужа разбудите.

— Ну, так что же, если разбужу?

— Он так сладко спит … видит вас во сне … За ваше здоровье!» (Аптекарша, Т. V, с. 195).

Пример № 12

« — Однако пора спать, — сказала Таня. — Да и холодно. — Она взяла его под руку. — Спасибо, Андрюша, что приехали. У нас неинтересные знакомые, да и тех мало. У нас только сад, сад, сад, — и больше ничего. Штамб, полуштамб, — засмеялась она, — апорт, ранет, боровинка, окулировка, копулировка … Вся, вся наша жизнь ушла *в сад, мне даже ничего никогда не снится, кроме яблонь и груш. Конечно, это хорошо, полезно, но иногда хочется и еще чего-нибудь для разнообразия»* (Черный монах, Т. VIII, с. 230).

Пример № 13

«Я вставал рано, с рассветом, и тотчас же принимался за какую-нибудь работу... Я утомлялся, от дождя и от резкого холодного ветра у меня подолгу горели лицо и ноги, по ночам снилась мне вспаханная земля» (Моя жизнь, Т. IX, с. 244).

Пример № 14

«Затем он подошел к бричке и стал глядеть на спящих. Лицо дяди по-прежнему выражало деловую сухость. Фанатик своего дела, Кузьмичов всегда, даже во сне и за молитвой в церкви, когда пели "Иже херувимы", думал о своих делах, ни на минуту не мог забыть о них, и теперь, вероятно, ему снились тюки с шерстью, подводы, цены, Варламов... Отец же Христофор, человек мягкий, легкомысленный и смешливый, во всю свою жизнь не знал ни одного такого дела, которое, как удав, могло бы сковать его душу. Во всех многочисленных делах, за которые он брался на своем веку, его прельщало не столько само дело, сколько суета и общение с людьми, присущие всякому предприятию. Так, в настоящей поездке его интересовали не столько шерсть, Варламов и цены, сколько длинный путь, дорожные разговоры, спанье под бричкой, еда не вовремя... И теперь, судя по его лицу, ему снились, должно быть, преосвященный Христофор, латинский диспут, его попадья, пышки со сметаной и все такое, что не могло сниться Кузьмичову» (Степь, Т. VII, с. 23—24).

Пример № 15

«Доктор сел на его кровать и пощупал пульс.

— *Миша, болит голова?* — *спросил он. Миша ответил не сразу*:

— *Да. Мне все снится.*

— *Что же тебе снится?*

— *Все...*» (Доктор, Т. VI, с. 310).

Пример № 16

«*Петр Семеныч закрыл глаза и задумался. Множество мыслей, маленьких и больших, закопошилось в его голове. Но скоро все эти мысли покрылись каким-то приятным розовым туманом. Из всех щелей, дыр, окон медленно поползло во все стороны желе, полупрозрачное, мягкое... Потолок стал опускаться... Забегали человечки, маленькие лошадки с утиными головками, замахало чье-то большое мягкое крыло, потекла река... Прошел мимо маленький наборщик с очень большими буквами и улыбнулся... Все утонуло в его улыбке и ... Петру Семенычу начало сниться*» (Сон репортера, Т. II, с. 348).

Пример № 17

«*Бывают погоды, когда зима, словно озлившись на человеческую немощь, призывает к себе на помощь суровую осень и работает с нею сообща. Ветер... с неистовой злобой стучит в окна и в кровли. Он воет в трубах и плачет в вентиляциях. ...Природу мутит...*» (Сон, Т. III, с. 151).

Пример № 18

«*За весь сочельник у нас перебывало столько народу, что три четверти закладов, за неимением места в кладовой, мы принуждены были снести в сарай. От раннего утра до позднего вечера, не переставая ни на минуту, я торговался с оборвышами, выжимал из них гроши и копейки,* глядел слезы, выслушивал напрасные мольбы...» (Сон, Т. Ⅲ, с. 152).

Пример № 19

« — Вы спите, Петр Демьяныч?

— Нет еще, а что?

— Я, знаете ли, думаю, не отворить ли нам завтра рано утречком дверь? Праздник большой, а погода злющая. Беднота нахлынет, как муха на мед. Так вы уж завтра не идите к обедне, а посидите в кассе... Спокойной ночи!» (Сон, Т. Ⅲ, с. 153).

Пример № 20

«Да, я сам был бедняк и знал, что значит голод и холод. Бедность толкнула меня на это проклятое место оценщика, бедность заставила меня ради куска хлеба презирать горе и слезы. Если бы не бедность, разве у меня хватило бы храбрости оценивать в гроши то, что стоит здоровья, тепла, праздничных радостей? За что же винит меня ветер, за что терзает меня моя совесть?» (Сон, Т. Ⅲ, с. 153).

Пример № 21

«Я взглянул на окно и увидел старушечью физиономию, бледную, исхудалую, вымокшую на дожде.

— Не трожь их! Отпусти! — плакала она, глядя на меня умоляющими глазами. — Бедность ведь!

— Бедность! — подтвердил старик.

— Бедность! — пропел ветер» (Сон, Т. Ⅲ, с. 155).

Пример № 22

«В зале окружного суда идет заседание... Под такое чтение хорошо мечтать, вспоминать, спать... Судьи, присяжные и публика нахохлились от скуки... Тишина. Изредка только донесутся чьи-нибудь мерные шаги из судейского коридора или осторожно кашлянет в кулак зевающий присяжный...Защитник подпер свою кудрявую голову кулаком и тихо дремлет» (Сонная одурь, Т. IV, с. 181).

Пример № 23

«А может быть, у нас уже обедают! — плывут мысли у защитника. — За столом сидят теща, жена Надя, брат жены Вася, дети ... У тещи по обыкновению на лице тупая озабоченность и выражение достоинства. Надя, худая, уже блекнущая, но все еще с идеально белой, прозрачной кожицей на лице, сидит за столом с таким выражением, будто ее заставили насильно сидеть; она ничего не ест и делает вид, что больна. По лицу у нее, как у тещи, разлита озабоченность. Еще бы! У нее на руках дети, кухня, белье мужа, гости, моль в шубах, прием гостей, игра на пианино! Как много обязанностей и как мало работы! Надя и ее мать не делают решительно ничего» (Сонная одурь, Т. IV, с. 182).

Пример № 24

«В глазах защитника начинает все сливаться и прыгать. Судьи и присяжные уходят в самих себя, публика рябит, потолок то опускается, то поднимается... Мысли тоже прыгают и наконец обрываются... Надя, теща, длинный нос судебного пристава, подсудимый, Глаша — все это прыгает, вертится и уходит далеко, далеко, далеко...» (Сонная одурь, Т. IV, с. 183).

Пример № 25

«Снится, что перед освидетельствованием для приема в число

военных новобранцев они похудели, как спички, что рост их в десять раз превышает объем груди, что во рту недостает по тринадцати зубов, что они оказались страдающими пороком сердца, что Сюзетта откусила палец, о чем составлен законный полицейский протокол. Вместе с тем глаза их так близоруки, что они принуждены носить очки с зажигательными стеклами» (Сон золотых юнцов, Т. III, с. 471).

Пример № 26

« Несуществующая, но видимая перспектива, похожая на узкий, бесконечный коридор, ряд бесчисленных свечей, отражение ее лица, рук, зеркальной рамы — все это давно уже заволоклось туманом и слилось в одно беспредельное серое море. Море колеблется, мигает, изредка вспыхивает заревом...

Глядя на неподвижные глаза и открытый рот Нелли, трудно понять, спит она или бодрствует, но, тем не менее, она видит. Сначала видит она только улыбку и мягкое, полное прелести выражение чьих-то глаз, потом же на колеблющемся сером фоне постепенно проясняются контуры головы, лицо, брови, борода. Это он, суженый, предмет долгих мечтаний и надежд. Суженый для Нелли составляет все: смысл жизни, личное счастье, карьеру, судьбу. Вне его, как и на сером фоне, мрак, пустота, бессмыслица. И немудрено поэтому, что, видя перед собою красивую, кротко улыбающуюся голову, она чувствует наслаждение, невыразимо сладкий кошмар, который не передашь ни на словах, ни на бумаге. Далее она слышит его голос, видит, как живет с ним под одной кровлей, как ее жизнь постепенно сливается с его жизнью. На сером фоне бегут месяцы, годы... и Нелли отчетливо, во всех подробностях, видит свое будущее» (Зеркало, Т. IV, с. 271).

Пример № 27

«*Лампадка мигает. Зеленое пятно и тени приходят в движение, лезут в полуоткрытые, неподвижные глаза Варьки и в ее наполовину уснувшем мозгу складываются в туманные грезы. Она видит темные облака, которые гоняются друг за другом по небу и кричат, как ребенок. Но вот подул ветер, пропали облака, и Варька видит широкое шоссе, покрытое жидкою грязью; по шоссе тянутся обозы, плетутся люди с котомками на спинах, носятся взад и вперед какие-то тени; по обе стороны сквозь холодный, суровый туман видны леса. Вдруг люди с котомками и тени падают на землю в жидкую грязь. — "Зачем это?" — спрашивает Варька. — "Спать, спать!", отвечают ей. И они засыпают крепко, спят сладко, а на телеграфных проволоках сидят вороны и сороки, кричат, как ребенок, и стараются разбудить их*» (Спать хочется, Т. VII, с. 8).

Пример № 28

«*Рыжий глинистый обрыв, баржа, река, чужие, недобрые люди, голод, холод, болезни — быть может, всего этого нет на самом деле. Вероятно, все это только снится, — думал татарин. Он чувствовал, что спит, и слышал свой храп... Конечно, он дома, в Симбирской губернии, и стоит ему только назвать жену по имени, как она откликнется; а в соседней комнате мать... Однако, какие бывают страшные сны! К чему они? Татарин улыбнулся и открыл глаза. Какая это река? Волга?*» (В ссылке, Т. VIII, с. 47–48).

Пример № 29

«*И Катюша опять начинает мечтать вслух. Под звук своего голоса и засыпает она. Снится ей дом-особнячок, двор, по которому солидно шагают ее собственные куры и утки. Она видит, как из слухового окна глядят на нее голуби, и слышит, как мычит корова. Кругом все тихо: ни соседей-жильцов, ни хриплого смеха, не слышно даже этого ненавистного, спешащего скрипа перьев. Вася чинно и благородно шагает около палисадника к калитке. Это идет он на службу. И душу ее наполняет чувство покоя, когда ничего не желается, мало думается...*

К полудню просыпается она в прекраснейшем настроении духа. Сон благотворно повлиял на нее» (Конь и трепетная лань, Т. IV, с. 100).

Пример № 30

«Мысли у Гусева обрываются, и вместо пруда вдруг ни к селу, ни к городу показывается большая бычья голова без глаз, а лошадь и сани уж не едут, а кружатся в черном дыму. Но он все-таки рад, что повидал родных. Радость захватывает у него дыхание, бегает мурашками по телу, дрожит в пальцах.

— Привел господь повидаться! — *бредит он, но тотчас же открывает глаза и ищет в потемках воду.*

Он пьет и ложится, и опять едут сани, потом опять бычья голова без глаз, дым, облака... И так до рассвета» (Гусев, Т. VII, с. 328).

Пример № 31

«Когда на другой день утром она в своем родном городе ехала с вокзала домой, то улицы казались ей пустынными, безлюдными, снег серым, а дома маленькими, точно кто приплюснул их. Встретилась ей процессия: несли покойника в открытом гробе, с хоругвями.

"Покойника встретить, говорят, к счастью", — *подумала она»* (Три года, Т. IX, с. 62).

Пример № 32

«*Следователь спал непокойно. Было жарко, неудобно, и ему казалось во сне, что он не в доме Тауница и не в мягкой чистой постели, а все еще в земской избе, на сене, и слышит, как вполголоса говорят понятые; ему казалось, что Лесницкий близко, в пятнадцати шагах. Ему опять вспомнилось во сне, как земский агент, черноволосый, бледный, в высоких запыленных сапогах, подходил к конторке бухгалтера. "Это наш земский агент...". Потом ему представилось, будто Лесницкий и сотский Лошадин шли в поле по снегу, бок о бок, поддерживая друг друга; метель кружила над ними, ветер дул в спины, а они шли и подпевали:*

— Мы идем, мы идем, мы идем.

Старик был похож на колдуна в опере, и оба в самом деле пели, точно в театре:

— Мы идем, мы идем, мы идем. Вы в тепле, вам светло, вам мягко, а мы идем в мороз, в метель, по глубокому снегу... Мы не знаем покоя, не знаем радостей... Мы несем на себе всю тяжесть этой жизни, и своей, и вашей... У-у-у! Мы идем, мы идем, мы идем...

Лыжин проснулся и сел в постели» (По делам службы, Т. X, с. 98–99).

Пример № 33

«*— Я пойду спать, — сказала Лиза. — Пора...*

Лиза пошла к себе, разделась и порхнула под одеяло. Она ложилась в десять часов и вставала в десять. Сибаритничать она любила...

Морфей скоро принял ее в свои объятия. Сны ей снились, в продолжение всей ночи, самые обворожительные... Снились ей целые романы, повести, арабские сказки... Героем всех этих снов был... господин в цилиндре, заставивший ее сегодня вечером взвизгнуть.

Господин в цилиндре отнимал ее у Грохольского, пел, бил Грохольского и ее, сек под окном мальчишку, объяснялся в любви, катал ее на шарабане... О, сны! В одну ночь, с закрытыми глазами и лежа, можно иногда прожить не один десяток счастливых лет... Лиза в эту ночь прожила очень много и очень счастливо, несмотря даже и на побои...

Проснувшись в восьмом часу, она накинула на себя платье, быстро поправила волосы и, не надев даже своих татарских остроносых туфель, опрометью побежала на террасу. Одной рукой закрывая от солнца глаза, а другой поддерживая спускающееся платье, она поглядела на дачу vis-à-vis... Лицо ее засияло.

Сомневаться более нельзя было. Это был он» (Живой товар, Т. I, с. 372).

Пример № 34

« — ...Вы изволили читать "Гамбургскую драматургию" Лессинга?

— Нет, не читал.

Шебалдин ужаснулся и замахал руками так, как будто ожег себе пальцы, и, ничего не говоря, попятился от Никитина. Фигура Шебалдина, его вопрос и удивление показались Никитину смешными, но он все-таки подумал:

"В самом деле неловко. Я — учитель словесности, а до сих пор еще не читал Лессинга. Надо будет прочесть"» (Учитель словесности, Т. VIII, с. 316).

Пример № 35

«Тетка мало-помалу успокоилась и задремала. Ей приснились две большие черные собаки с клочьями прошлогодней шерсти на бедрах и на

боках; они из большой лохани с жадностью ели помои, от которых шел белый пар и очень вкусный запах; изредка они оглядывались на Тетку, скалили зубы и ворчали: "А тебе мы не дадим!" Но из дому выбежал мужик в шубе и прогнал их кнутом; тогда Тетка подошла к лохани и стала кушать, но, как только мужик ушел за ворота, обе черные собаки с ревом бросились на нее, и вдруг опять раздался пронзительный крик.

— К-ге! К-ге-ге! — крикнул Иван Иваныч. Тетка проснулась, вскочила и, не сходя с матрасика, залилась воющим лаем» (Каштанка, Т. VI, с. 441).

Пример № 36

«Придя на квартиру, Рябович поскорее разделся и лег...

«Кто же она? — думал Рябович, глядя на закопченный потолок.

Шея его все еще, казалось ему, была вымазана маслом и около рта чувствовался холодок, как от мятных капель. В воображении его мелькали плечи и руки сиреневой барышни, виски и искренние глаза блондинки в черном, талии, платья, броши...

Рябович укрылся с головой и, свернувшись калачиком, стал собирать в воображении мелькающие образы и соединять их в одно целое. Но у него ничего не получилось. Скоро он уснул, и последней его мыслью было то, что кто-то обласкал и обрадовал его, что в его жизни совершилось что-то необыкновенное, глупое, но чрезвычайно хорошее и радостное. Эта мысль не оставляла его и во сне.

Когда он проснулся, ощущения масла на шее и мятного холодка около губ уж не было, но радость по-вчерашнему волной ходила в груди» (Поцелуй, Т. VI, с. 415–416).

Пример № 37

«Голова у него опустилась на грудь, локти уперлись в колена. Глаза *прищурились. И видел Филипп сон. Все, видел он, изменилось: земля та же самая, дома такие же, ворота прежние, но люди совсем не те стали. Все люди мудрые, нет ни одного дурака, и по улицам ходят все французы и французы. Водовоз, и тот рассуждает: "Я, признаться, климатом очень недоволен и желаю на градусник поглядеть", а у самого в руках толстая книга.*

— А ты почитай календарь, — говорит ему Филипп.

Кухарка глупа, но и она вмешивается в умные разговоры и вставляет свои замечания. Филипп идет в участок, чтобы прописать жильцов, — и странно, даже в этом суровом месте говорят только об умном и везде на столах лежат книжки» (Умный дворник, Т. Ⅱ, с. 73).

Пример № 38

«Снилось мне, что в светлое зимнее утро шел я по Невскому в Петербурге и от нечего делать засматривал в окна магазинов. На душе моей было легко, весело… Некуда было спешить, делать было нечего — свобода абсолютная… Сознание, что я далеко от своей деревни, от графской усадьбы и сердитого, холодного озера, еще более настраивало меня на мирный, веселый лад. Я остановился у самого большого окна и стал рассматривать женские шляпки… Шляпки были мне знакомы… В одной из них я видел Ольгу, в другой Надю, третью я видел в день охоты на белокурой голове внезапно приехавшей Сози… Под шляпками заулыбались знакомые физиономии… Когда я хотел им что-то сказать, они все три слились в одну большую, красную физиономию. Эта сердито задвигала своими глазами и высунула язык… Кто-то сзади сдавил мне шею…

— Муж убил свою жену! — крикнула красная физиономия. Я вздрогнул, вскрикнул и, как ужаленный, вскочил с постели… Сердце мое страшно билось, на лбу выступил холодный пот.

— Муж убил свою жену! — повторил попугай. — Дай же мне сахару! Как вы глупы! Дурак!

Это попугай ... — успокоил я себя, ложась в постель. — Слава богу...» (Драма на охоте, Т. Ⅲ, с. 364).

Приложение № 2

Наименования произведений с бессюжетными сновидениями

Всего	1 период (1878–1888)	2 период (1888–1895)	3 период (1895–1904)
26 произведений, 30 сновидений	13 произведений, 13 сновидений	8 произведений, 10 сновидений	5 произведений, 7 сновидений
	1. «Ненужная победа», Т. I, 1882 2. «Цветы запоздалые», Т. I, 1882 3. «Козел или негодяй?», Т. II, 1883 4. «Вор», Т. II, 1883 5. «Устрицы», Т. III, 1884 6. «Perpetuum mobile», Т. II, 1884 7. «Мои жены», Т. IV, 1885 8. «Последняя могиканша», Т. III, 1885 9. «Аптекарша», Т. V, 1886 10. «Нахлебники», Т. V, 1886 11. «В сарае», Т. VI, 1887 12. «Доктор», Т. VI, 1887 13. «Степь», Т. VII, 1888	1. «Пари», Т. VII, 1888 2. «Жена», Т. VII, 1891 3. «Попрыгунья», Т. VIII, 1892 (3 сновидения) 4. «Палата № 6», Т. VIII, 1892 5. «Рассказ неизвестного человека», Т. VIII, 1893 6. «Черный монах», Т. VIII, 1894 7. «Учитель словесности», Т. VIII, 1894 8. «Ариадна», Т. IX, 1895	1. «Моя жизнь», Т. IX, 1896 (2 сновидения) 2. «На подводе», Т. IX, 1897 3. «Душечка», Т. X, 1898 (2 сновидения) 4. «Дама с собачкой», Т. IX, 1899 5. «Мужики», Т. IX, 1897

Приложение № 3

Наименования произведений с сюжетными сновидениями

общий	1 период (1878–1888)	2 период (1888–1895)	3 период (1895–1904)
26 (28)	18 произведений, 19 сновидений	7 произведений, 8 сновидений	1 произведение, 1 сновидение
	1. «Живой товар», Т. I, 1882 2. «Цветы запоздалые», Т. I, 1882 3. «Умный дворник», Т. II, 1883 4. «Сон репортера», Т. II, 1884 5. «Драма на охоте», Т. III, 1884 6. «В аптеке», Т. IV, 1885 7. «Конь и трепетная лань», Т. IV, 1885 8. «Кухарка женится», Т. IV, 1885 9. «Сон», Т. III, 1885 10. «Сонная одурь», Т. IV, 1885 11. «Зеркало», Т. IV, 1885 12. «Аптекарша», Т. V, 1886 13. «Ванька», Т. V, 1886 14. «Тайна», Т. VI, 1887 15. «Обыватели», Т. VI, 1887 16. «Перекати-поле», Т. VI, 1887 17. «Каштанка», Т. VI, 1887 (2 сновидения) 18. «Спать хочется», Т. VII, 1888	1. «У Зелениных», Т. VII, 1889 2. «Гусев», Т. VII, 1890 3. «Дуэль», Т. VII, 1891 4. «В ссылке», Т. VIII, 1892 5. «Учитель словесности», Т. VIII, 1894 6. «В усадьбе», Т. VIII, 1894 7. «Три года», Т. IX, 1895 (2 сновидения)	1. «По делам службы», Т. X, 1899